Josef Stolba, Moritz Wien

Das Testament

Volksdrama in drei Akten

Josef Stolba, Moritz Wien

Das Testament
Volksdrama in drei Akten

ISBN/EAN: 9783743351523

Hergestellt in Europa, USA, Kanada, Australien, Japan

Cover: Foto ©Andreas Hilbeck / pixelio.de

Manufactured and distributed by brebook publishing software (www.brebook.com)

Josef Stolba, Moritz Wien

Das Testament

(Preisgekröntes Volksdrama.)

Das Testament.

Volksdrama in drei Acten.

Von

Josef Stolba.

Aus dem Böhmischen übersetzt und für die deutsche Bühne
bearbeitet und eingerichtet

von

Moritz Wien.

Übersetzungsrecht vorbehalten.

Prag 1890.

Den Bühnen gegenüber als Manuscript.

Personen:

Martin, ein reicher Bauer.
Anna, dessen Mündel.
Franz, dessen Neffe.
Frühauf, Gemeindevorstand.
Josef, dessen Sohn.
Schwarz, gräflicher Förster.
Zwei Heger.
Schneidauf, Vermittler.
Crescenz, Dienstmagd bei Frühauf.
Ein Gendarm.
Ein Gerichtsdiener.
Ein Steueramtsdiener.
Zwei Boten.

Ort der Handlung: Ein Bauerndorf in Niederösterreich.
Zeit: Die Gegenwart.

Erster Act.

Die Bühne stellt rechts das Gehöfte Martin's, links das von Frühauf dar. Rechts zieht sich ein roh gezimmertes Bauernhaus mit Schindeln gedeckt, mit einer Thür versehen nach dem Hintergrund. Neben der Thüre befindet sich eine Bank. Auf eine Entfernung von zwei bis drei Metern zieht sich der aus Latten gezimmerte Zaun, der die beiden Anwesen trennt, die im Hintergrunde durch zwei Holzthüren nach der Gemeindestraße münden. Auf den so geschaffenen Vorhöfen lagern Wirthschaftsgeräthe, landwirthschaftliche Maschinen, aufgestapeltes Holz, Hundehütten ꝛc. Den Hintergrund bildet die Aussicht auf ein mit Häuschen bedecktes Hügelland. Von dem Hause Frühauf's (links) ist nur ein Theil zu sehen.

1. Scene.

Schwarz (ein junger Mann im Jägeranzuge mit der Flinte auf der Schulter, hat einen Stock mit gebogenem Griffe an der äußeren Brusttasche befestigt. Er vertritt Anna in der kleinen Hinterthüre, die auf die Straße führt, den Weg. Aus der Tasche sieht ihm eine kurze Porzellanpfeife).
Anna (führt einen Schubkarren mit Grummet, in welchem eine Sichel eingebohrt ist. Sie hat ein Tuch auf dem Kopfe, eine Juppe von Kattun, hochgeschürzte Röcke, die Füße stecken in leichten Schuhen).

Anna (hält den Schubkarren und will in den Hof einfahren). Geh't aus'n Weg, Herr Förster!!
Schwarz. Hoho, net so hitzig. Heut' wird da Mauth eing'hoben!
Anna. Vom Trab?

J. Stolba: Das Testament.

Schwarz. Na, von der Annerl!
Anna. No, macht's ka Dummheiten und loßt's mi' eini!
Schwarz. Nur um a Busserl!
Anna. Fallt mir goar net ein!
Schwarz. Dös möcht i' oaber seh'n! (Will sie umarmen.)
Anna (ihm ausweichend). Wann's ka Ruah geb'n, schrei i'!
Schwarz. Was liegt an an wengel G'schra! (Will sie küssen.)
Anna (entwindet sich ihm). Großvaterl — Großvaterl!
Schwarz. Jetzand geb' i' erst recht net nach! (Will sie gewaltsam küssen.)

2. Scene.

Vorige. Martin.

Martin (ein alter, gebückter Mann im langen Schafspelz und alten ledernen Hosen. Auf dem Halse ein buntfärbiges Tuch, die Weste bis zum Halse geschlossen, auf dem Kopfe eine Mütze mit Ohrlappen. Er athmet schwer, spricht mit großer Anstrengung, stützt sich mit der Rechten auf einen Stock und greift gewohnheitsgemäß immer nach der rechten Seite der Weste, um sich zu überzeugen, ob die Sparkassabücher, die er immer bei sich trägt, auf dem Platze sind. Er bleibt an der Thüre lehnend stehen und ruft): Wos is denn los? Loßt's dös Madel — hobt's es g'hört?

Schwarz (für sich, indem er von Anna zurückweicht). Der Teuxel muaß den Alten g'rad herführen. (Laut.) Grüaß Gott, Alterl. — es is nix! I hab nur an weng'l mit der Annerl g'juxt.

Anna (fährt mit dem beladenen Schubkarren in den Hof). Und i' verbitt' mir solch'ne Jux. Haben's mi' verstanden, Herr Förster? (Führt den Schubkarren hinter das Haus.)

Schwarz. Schon guat!

Martin (ihr nachrufend) Du verstreu'st ja 's ganze Trab! Hörst! —

Anna (kehrt zurück und les't die einzelnen Strohhalme vom Boden auf, dann entfernt sie sich).
Martin. Warum — lassen'ʼs mir — dös Madel — net in Ruah? Es is heut' net 's erste Mal. — (Während dieser Worte bewegt er sich langsam nach vorn und nimmt mit Mühe auf einer Bank, die unter einem Baume steht, Platz.)
Schwarz. No, 's is net so arg! Hör' mal, Alterl, i' will dir offenherzi' was sag'n. (Hierauf zieht er die aus der Tasche hervorlugende Porzellanpfeife heraus, stopft dieselbe langsam und setzt sie mittelst Zündschwamm in Brand.) Hörst, Alterl, dös Mad'l g'fallt mir!
Martin (lacht boshaft). Dös glaub i' gern — hehehe — aber — mei' Annerl — is net — für euern G'fallen! —
Schwarz (rasch). Wann i' euch sag', daß mir's Madel g'fallt! — (Erregt.) Und wann i' euch sag', daß mir's Madel wirkli' g'fallt — daß i' mir's nehmat.
Martin (hört plötzlich auf zu lachen, hebt den Kopf und sieht sich den Förster an). Ös? 's Annerl! — Hm —
Schwarz. Was soll das Hm b'deuten?
Martin. D'raus — wurd — nix.
Schwarz (rasch). Und warum?
Martin. Weil für euch a Bauerndirn net paßt. —
Schwarz. I' wär' a net der erste und der letzte Förster, der si' a Bauerndirn neahmt. Übrigens paßt dö für mi', dö mir g'fallt.
Martin (boshaft lachend). Hehehe — heut' g'fallts euch — in an Monat — in an Jahr — is aus mit — 'n G'fall'n — na — na.
Schwarz. Und wann d' Annerl wollt? —
Martin (entschieden). Dös darf net sein — sie darf net woll'n — d' Voater war a Bauer — der Großvoater aner — sie nimmt a nur an Bauern!
Schwarz. Da wird's aber a g'waltig große Frau!
Martin (ihn ansehend, erregt). A größ're — als wann's euch neahmt — an Förster! Was fehlt denn an Bauern — wann er — ka Schulden hat? — Nix! — Er is Herr — und hat si' um Neamb z' kümmern. — Zahlt er seine Steuern — hat und darf eahm ka Mensch was b'fehl'n — Ja

*

freili' — cahnder — vor dem 48er Jahr — da war's freili' ärger, i' denk's no' guat — ihr net mehr —

Schwarz. Und i' a gräflicher Förster? Mit Pension!

Martin. Hehehe — ös müaßt's — schön Buckerl machen — vor euern Herrn Grafen — vor'm Wirthschaftsrath — vor'm Forstmeister — und Gott waß vor wem no'. — Und wann dem Herrn Grafen etwas über d' Nasen — fliagt — entlaßt er euch — und was fangt's ihr nachher an? — Ah — lass'n wir dös — ihr thuat's eh' an G'spaß mach'n — denk't net d'ran.

Schwarz (der ärgerlich zugehört). Dumme Reden! Im Wald bin i' allani unumschränkter Herr!

Martin. Ja, ja — an jed'n Has'n müßt's um Gottes Will'n bitten — damit er net über d' gräfliche Grenzen — rennt — sonst war's schlimm! Hehehe!!

Schwarz (giftig). Inu freili' a Bäu'rin is a ganz was ander's als a Först'rin! —

Martin. Das is 's a! — Herr Förster — aber lass'n wir dös.

Schwarz (wie wenn ihm ein besonderer Gedanke käme). Aha! Versteh'! Ihr habt's scho' an auf'n Korn! So an verbiß'n Bauern.

Martin (trocken). Leicht mögli'!

3. Scene.

Vorige. Franz (trägt ein Gewehr auf der Schulter, ist halbstädtisch gekleidet, kurzer Lodenrock, hohe Stiefel und Lodenhut.)

Franz (erblickt den Förster und bleibt an der Thür stehen). Grüaß Gott, Ohm! An schön guat'n Morg'n!

Martin (trocken). Scho' mögli'!

Schwarz. Scho recht, nur soll cahm amol d' Flinten net z' theuer z' steh'n kommen!

Franz (rasch und erregt eintretend). Wia mean'n's dös, Herr Förster?

Schwarz (drohend). Wie i' dös man, dös will i' euch sag'n. Es is a Schand, den ganzen Gott'stag nur mit 'n Stutzen an der Grenzen der gräflichen Forst rumz'lungern.

Franz. Und g'rad geh' i' wiader hin! Hahaha!

Schwarz (droht ihm mit der Faust und spricht mit geschlossenen Zähnen). Dö Fasaner, dö ihr mir vor der Nos'n wegschiaßt, verzeih' i' euch net, und wann i' hundert Jahr lebet. Was hob i' eu'retweg'n scho' vom Herrn Grafen aus= g'standen. Was seids ihr eigentli'? A Bauer oder a Förster?

Franz (lachend). A Bauer, Herr Förster, bin i', aber a Bauer, der das thuat, was er will, verstanden, Herr Förster! Und das kann net an Jeder von si' sag'n! Hehehe!

Schwarz (in wachsender Erregung). Ihr glaubt, i' waß net, was ihr treibt?

Franz. A, da schau her, jetzt waß der, was i' thu' und treib' — i' selber waß dös net!

Schwarz. Ihr glaub't, i' waß net, daß ihr wildert? (Mit drohendem Lachen.) Aber seh't euch vor, daß ihr mir net in Schuß kommt.

Franz. I' will mi' hüat'n. I' waß eh, daß ihr scho' mehre' Wild'rer auf dem G'wissen habt. Hehehe!

Schwarz. Nun, aus euch würd' i' mir wahrli' ka G'wiss'n mach'n. Übrigens b'zweifel i' net, daß wir no' amol z'sammkomma Mit 'n Kruag geht ma' so lang zum Brunnen — bis a Ohrl obricht. (Drohend.) Aber nachher geng'n wir beide net z'samm' fort!

Franz (lachend). Aber geh't zua, bisher habt's mi' aber no' net!

Schwarz. Was net heut' is, kann morgen g'scheg'n — Wir werd'n scho' seh'n! (Zu Martin gekehrt.) Grüaß Gott, Alter! I' hob' hier beim Vorstand was z' b'sorgen. (Für sich, indem er Franz anblickt.) I' komm' dir do' no' auf d' Spur. (Er schreitet aus der kleinen Thür und tritt in das Nachbargebäude des Vorstandes.)

Martin. Grüaß Gott, Herr Förster!

Franz (ihm nachblickend unter Lachen). Hahaha! Wannst mi' d'rwischen willst, muaßt zeitli' aufsteh'n!

4. Scene.

Franz und Martin.

Martin. Es is eh' wahr! — D' Flinten — g'hört für'n Herrn — net aber für'n Bauern — Wer hat — das je g'hört. — Es is der Anfang — vom End' — Lauft auf d' Jagd — und vernachlässigt d' Wirthschaft. — Dann anstatt z' Haus z' geh'n — und durch doppelte Arbeit — 's Versamte nachz'holen — geht's in's Wirthshaus! — Dort wird erzählt — g'trunken — man erhitzt si' — und trinkt wiader — nachher kommen d' unglückfel'gen Karten! Aber so seid's ös Jungen jetzand!

Franz. A, warum sollt' der Mensch net amol schiaß'n, net trink'n, net spiel'n, wann's eahm g'freut? Ma' hat ja eh' nix ander's auf der Welt!

Martin. Schöne Freuden das — hehehe — und wos kosten die? — Bluatig's Geld. Und d' armen Felder!

Franz. No, no, der Teuxel wird's net hol'n!

Martin (boshaft lachend). Dös ka' ma' net a so g'wiß wiss'n!

Franz. Schau, schau — ös kümmert's euch um mi'?! Wos liegt euch an mir? Amol woar's freili' anders. Do hobt's mi' freili' no' gern g'habt!

Martin (bewegt, wischt sich mit dem Daumen die Augen). Ja — ja — und wia gern!!! — Daber — du hast d'rs selbst verdurb'n.

Franz. Verdurb'n? Und do paßt's ös auf mi' auf wiar a Haftelmacher.

Martin. Weil i' gern möcht' — du sollst wiader werd'n — wiast warst — als no' a Weib g'habt hast!

Franz (bewegt). Wia i' no' a Weib g'habt hab'! (Schroff.) Wann's ös liaber d' Annerl hüaten wollt'st, dös war g'scheidter!

Martin (ihn verwundert ansehend). D' Annerl hüat'n — und warum denn? —

Franz. So lang' i' an Weib g'habt hab', war i' a ganz a and'rer Mensch, i' wär' wiader an And'rer, wann d' Annerl mi' neahmt!

Martin. J frag' di' — warum i' d' Annerl hüaten sollt'? —

Franz (sieht ihn eine Weile prüfend an, dann tritt er auf ihn zu). Ihr wißt's das net? Guat, i' will euch's sag'n!?! (Noch näher tretend, ärgerlich.) Damit's net nach dem aufg'blas'nem Bettelvolk schielt (zeigt mit dem Daumen über die Achsel zu Frühauf).

Martin (erregt schreiend). Was — Frühauf — Josef!

Franz. Wem schicket si' besser euer schön's, schuldenfrei's Anwesen, eu're Sparkassabücheln, die ihr so schwer erarbeit' habt, als 'n Frühauf?

Martin (greift rasch nach der rechten Seite seiner Weste).

Franz. Deßweg'n hot a der Josef, kaum daß er z'ruck is vom Militär, dem Madel Leimruthen g'stellt. Der Teufel hat'n vom Militär herbracht.

Martin (vergeblich nach Athem ringend). J' — i' hab' ja nix g'mirkt — Wia waß't du denn das? (Schwer athmend.)

Franz (mit verbissenem Ärger). Haha! Die halt'ns g'hoam vor euch und der Welt! Weil's wissen, daß ihr's nimmer zugebet. Aber wann's Herz voll is, lauft der Mund über. Der Alte is a alter Wild'rer. Wir geh'n ja manchmal z'samm auf d' Gmoanjagd. Und das wißt's — i' brauch nur aufz'passen, i' seh' durch a fuaßdicke Mauer!

Martin. So — so —

Franz. Übrigens wund're i' mi' net! Er is in Nöthen. D' Gläubiger klag'n eahm (mit Nachdruck), ja sogar d' Steuergelder hat er z'ruckg'halten.

Martin (entsetzt). Auch d' Steuergelder?

Franz. A Mad'l mit Geld kriegt er net in das verschuld'te Anwesen — dessentwegen verlegt er si' auf euch.

Martin. Auf mi'??

Franz (boshaft). Aber bald sterben müaßt's ihr, weil er's eili' hat; hahaha!

Martin (mit wachsendem Ärger). J' — i' muaß bald sterben? —

Franz. Ja! Und All's der Annerl vermach'n.

Martin (wirft den Kopf zurück und lacht, als wenn er ihn durchschaut hätte, boshaft). Aha! Du möchst **erben**? Hehehe — jetzt hab' is — (Rasch.) Das versteht si' — daß i' ihr all's verschreib'! — All's — all's —

Franz. Hahaha, der wird euch auslachen! Deßweg'n also habt ihr g'geizt und Kreuzer zu Kreuzer g'legt Deßweg'n habt's ihr euch net amol a Glas'l Bier gönnt? Deßweg'n habt's ihr bloß trocken's Brot geß'n, damit der Alte — Frühauf weiter vergeuden kann? (Ärgerlich.) Schmeißt's eahms meinetweg'n i'n Rach'n. Und wann euere Hunderter in der Luft umafliag'n werden, nachher könnt's euch im Grab' umdrah'n. Aber nachher könnt's leicht z' spät sein! (Er geht rasch vor und stellt sich dicht vor ihm.) Warum redet ihr der Annerl net zu, daß 's mi' neahmt?

Martin. Di' — an solchen — Klachl — an rohen —

Franz (aufbrausend). Was? I', i' bin a roher Klachl? Herrgott!! —

Martin (boshaft). Wo denn — du und an roher Kerl? — Derschlag mi'!

Franz (nachsprechend). Derschlag mi' — derschlag mi' Dummheiten! (Plötzlich mäßiger.) No, 's is net so arg, in der Wuth sagt der Mensch Manch's.

Martin. Dös waß i' — er sollt's aber net —

Martin. Is scho' guat — scho' guat.

Franz. Ihr wißt's ja eh', Ohm, daß i' 's so bös net man'. —

Martin. Scho guat — scho guat.

Franz. Wißt's was, Ohm? I' waß, daß ihr nur an's Annerl denken wird. Guat, gebt ihr All's. Aber stellt ihr a d' Bedingung, daß mi' nehmen muaß, sonst kriegt's an And'rer.

Martin (erhebt zu ihm den Kopf). Aber geh', du — bist goar net a so dumm. Hehehe!

Franz. Glaubt ja net, daß i' um euere Grosch'n steh', i' hab' Gott sei Dank, gnua. Gebt's es meinetweg'n den Armen.

Martin. Hm — dös war goar — net so schlecht!

Franz (freudig). Net wohr, Ohm?
Martin. Aber — für di' — wär' um d' Annerl schad.
Franz. A Schad? Und wann's mi' ändern thät'?
Martin. Ändern, di' — di' ändern! Hohoho!
Franz (schroff). Nachher laßt's es bleiben! Grüaß Gott! (Er schreitet nach dem Ausgange nach der Straße zu und schlägt die kleine Gitterthüre kräftig in's Schloß.)

5. Scene.

Martin (allein).

Martin. Grüaß Gott! (Nachdem Franz entschwunden.) Schad um eahm — Er war a braver Bursch — aber seid sein Weib g'sturben is, geht's 'nunter mit eahm. — Hm — wer waß — leicht thät ihm d' Annerl ändern? Und dann — sein und mein Anwes'n — vor Zeiten woar's an's — bevor uns — mi' und sein Vatern, der Großvater theilte — sie käm'n wiader z'samm — dös wär a Freud! (Mit Begeisterung.) Das wär' nachher a — klane Herrschaft! — Ja, ja — a Herrschaft wär's. (Plötzlich innehaltend und an die Sparkassabücheln greifend.) — Also da d'rauf rechn't mei' Annerl? — Zu diesen alten Verschwender (aufathmend) so viel Geld — und a solch's Anwesen — All's — weg — All's verlor'n. — Er wird scho g'klagt — und nachher d' Steuergelder dö z'rückg'halt'nen — dann jagen's eahm fort — und mei' — mei' — schwer erarbeit's Geld — sollt'n schütz'n — 's möcht ja goar net auf all' — d' Schulden reich'n — (mehr und mehr in Hast gerathend.) Na! na! — Nachbar, dös — g'schieht net — dös darf net g'scheg'n — Niamals! In an Jahrl genget d' Annerl a betteln — und dös — dös darf i' — net zugeb'n. — Josef is a braver Bursch — aber — der Apfel fallt net weit vom Stamm. — Na — und beim Militär lernt ma — a net viel guats. — Im Anfang möcht er scho' guat thun — aber dann — wurd' er grad a so — als wia der Voater — und i' hätt' — (Schüttelt mit dem Kopfe und spricht noch rascher.) Na! — na! na!

6. Scene.

Martin. Schneidauf.

Schneidauf (tritt bei den letzten Worten Martin's auf, bleibt einen Moment an der Planke mit lächelndem Gesicht stehen). Grüaß Gott! Grüaß Gott! Alterl! An schön' 'n guat'n Morg'n! (Rasch nach vorn schreitend.)

Martin (ihn anblickend). Grüaß Gott — a das seid's ihr, Schneidauf?

Schneidauf. No, wia geht's euch denn, Alterl?

Martin. Net am besten — net am besten. — Der Ath'm (zeigt auf seine Brust).

Schneidauf. Da ka' ma' freili' nix mach'n. Dös is g'rad a so, als wia d' Org'l. Und wann d' Blasbälg auch aus Amsterdam wären — wann ma' lang auf eahner rumtritt, kriagn's do Löcher.

Martin. Ja, Ja! Was habt's mir denn 'bracht?

Schneidauf. J' thät' liaber was mitnehm'n!

Martin. Glaub's scho'! — Alsdann, was?

Schneidauf. Also daß i' euch's glei' sag, Vaterl! J' hob' mir (nähert sich ihm) da neuli' d' Annerl näher an g'sehn —

Martin. Hm — hm.

Schneidauf. Nur was recht is — dös is a b'sonders Madel! Mili' und Bluat!

Martin (nickt mit dem Kopfe). Dös is wahr!

Schneidauf (gespannt auf ihn blickend). No, und wer And'rer könnt' euch b'erben als sie — und wia's arbeit'n kann.

Martin. Ja, ja, das kann's.

Schneidauf. Ihr habt do' außer ihr und 'n Franz kan and'ren Erben. Und 'n Franz gebt ihr do' nix mehr!

Martin (schweigt eine Weile, als wenn er nicht gehört hätte).

Schneidauf. No, hob' i' net Recht?

Martin (nach einer Weile). All's wird einstens ihr g'hör'n — All's. —

Schneidauf (erleichtert aufathmend). No dös gönn' i' ihr — sie verdeant's a, 's is a brav's Madel!

Martin (ihn ansehend). Ja — sagt's amol — warum red's ihr denn a so???

Schneidauf. Nur so — nur a so, weil i' 's Madel gern hob'.

Martin (ungeduldig). Dummheit'n — dös is net umasunst — außer damit —!

Schneidauf (wie zerstreut). No — wann ihr's wissen wollt, a guat. I' sog' euch's ohne jede Einleitung, Voaterl, (Sieht sich um). I' hät' an Freier für d' Annerl!

Martin. Endli'! Hot er aber a verschuld's G'höft, nachh'r sangt's goar net an.

Schneidauf. Da wär' i' gar net kommen! I' kenn' euch ja. Aber das, was i' hab', trifft si' net alle Täg! A Bursch wie a Tann! An alten Voater, der ganz überarbeit', an eben solch'ne Mutter, no, die werden net lang s' Ausgeding nehma!

Martin. Und wer is dös?

Schneidauf. Wer dös is, was möcht's ihr sag'n?

Martin. Ihr wißt, daß i' ungern rath'n thu.

Schneidauf. No — so will i' 's euch sag'n? Was mants' ihr zum jungen Stenzl?

Martin. Der junge Stenzl? A guate Wirthschaft, a braver Bursch — aber er hat an Pferdsuaß!

Schneidauf. No, und was liegt denn d'ran? Jetzand gibt's Schuaster, die mach'n auf solch'ne Fußerln Stiefeln, daß ma' mit eahner auf's Theater geh'n kunnt.

Martin. Ja — ja — aber wann er's Stieferl auszieht, hat er wieder an Pferdsuaß! Und das wißt's a Frauenzimmer, besonders d' Annerl — dö wird d'rauf schauen — auch auf d' Figur — damit's 'n Mann gern hat — ihr kennt's ja eh!

Schneidauf. Aber san denn d' Füaß für die Liab a Hinderniß? Soll's 'n holt nur bis zu d' Knia anschau'n — Und übrigens d' Liab dös is überhaupt a Dummheit! D' Liab is do nur für freie Leut', dö kane Sorgen haben. — No, sagt's selbst, Voaterl, kann ma' leicht an d' Liab denken, wann d' Buab'n net g'rath, oder wann a Kuah um 150 fl. umsteht? Dummheiten, lauter Dummheiten!

Martin. Was nutzt das — Weiber bleiben Weiber. Und a Weib ohne Liab is net, — war net und wird nia sein!

Schneidauf. Was soll i' dem Stenzel ausricht'n.

Martin. Wart'n mr no' a wen'gel!

Schneidauf (verdrießlich). Mein Gott — das versteht si', warum sollt'n mr net wart'n. Wann cahm nur ka And're unterdeß derwischt.

Martin. Unb'sorgt, es derwischt cahm kane so schnell.

Schneidauf. Is scho' recht, das werd'n wir ja seh'n. Aber das sag' i' euch, wann was d'raus wird, na, unter an Fufz'ger kann i's net thuan. Na, und das wißt's ihr ja, d' Stenzlischen thuan ja eh' nix ohne meiner.

Martin. Etwas — werd's ihr do' runterlassen — wann's z'samm'geht. —

Schneidauf. Aber nur weil i' euch gern hab' — Viel kann i' freili' net nachlass'n — Und was is denn das für a b'sund're Diät a Fufz'ger für so an Freier, wia es der Stenzel is.

Martin. Wir werd'n scho' seh'gn — dös werd'n mr scho' seh'gn. Aber — (sieht sich vorsichtig um) Schneidauf!

Schneidauf (nähert sich ihm). No, was is denn, Voaterl? Was wollt's denn?

Martin (wie in Gedanken). Hm — hätt' ihr ka Braut — für'n Josef — (im Flüstertone) Frühauf? —

Schneidauf (verblüfft; zeigt mit dem Finger über die Achsel zu Frühauf's) Für'n Josef Frühauf? (Pfeift.) Fff!! Ih'r wollt 'n Josef verheirath'n?

Martin. Dös thät' i' scho' gern! —

Schneidauf. So, so; und warum denn?

Martin. Was geht das euch an?

Schneidauf (klügelnd). Und wann i' dös z' Stand brächt'?

Martin. Wann ihr das z' Stand brächt'? — Hol der Teufel an Fufz'ger (rasch), hol der Teufel an Hunderter!

Schneidauf (aufspringend). Safra — Safra! An Hunderter? — ?? (In die Höhe springend.) D' Hand d'rauf! (Reicht ihm dieselbe.)
Martin (will einschlagen, hält aber plötzlich inne). Aushalt'n — aushalt'n! — Aber net — mit 'ra Jeder!!
Schneidauf (betreten). Und mit welcher net??
Martin (überlegt). Hm — hm.
Schneidauf (drängend). Nun, welche net zum Beispiel?
Martin. Zum Beispiel — net mit d'r Annerl! (Sieht ihn prüfend an.)
Schneidauf (enttäuscht). Das is wirkli' schad!
Martin (für sich). Auch er waß 's scho' — (Laut.) Laßt d' Jux — hobt ihr wirkli' nix für eahm?
Schneidauf. Ah, i' versteh', er is im Weg?
Martin (trocken). Leicht mögli'. —
Schneidauf. No wißt's, Vaterl (zeigt mit dem Finger über die Achsel zu Frühaufs). Dort wird's schwer — sehr schwer geh'n!
Martin. Warum — sollt's den schwer geh'n?
Schneidauf. Aber — hahaha — ihr wißt's ja eh' —! 'S g'hört eahm net a Nagel unter'm Dach! (Sich plötzlich an die Stirne schlagend.) Safra — Safra, mir fallt was ein!
Martin. Was denn? — Was denn?
Schneidauf. Die Witwe Steiner — dös war so was. Bei der Musi' verschlingt's eahm immer nur a so mit die Augen.
Martin. Dös is a g'lung'ner Einfall! Ihr könnt's am Hochzeitstag — euch den versproch'nen Fuxz'ger hol'n. —
Schneidauf (kalt). Ihr wollt' an Hunderter sag'n?!
Martin. Um an Hunderter! Glaub't ihr, i' geh' stehl'n?
Schneidauf. Aber, Vaterl — ihr habt' ja an Hunderter g'sagt!
Martin. An Hunderter? Na, an Fuxz'ger hab i' g'sagt!
Schneidauf (erregt). Dös kann i' b'schwör'n, daß ihr an Hunderter zug'sagt hab't.
Martin. Ah was — ihr, ihr b'schwört — so Manch's!

Schneidauf (beleidigt). So, und dös sagt ihr mir? Dös b'schwör i' sicher, weil ihr's g'sagt hab't.
Martin. G'sagt oder net g'sagt — hol's der Teufel, wann's — z'sammkommt.
Schneidauf (eifrig). Wem soll der Teufel hol'n?
Martin (zögernd). No also den Hunderter!
Schneidauf (ihm lächelnd die Hand reichend). Hehehe, dös is wenigstens a vernünftig's Wört'l! Da is mei' Hand d'rauf (Martin schlägt ein). Wann si' nur der Josef sagen laßt.
Martin. Dös is eu're Sorg. — Übrigens z' was war denn euere Kunst?
Schneidauf (überlegend). Es muaß geh'n, er muaß si' verheirath'n. — Z'uerst wir i' d' Wittib aushol'n — aber so lang er no' Hoffnung auf d' Annerl hat —
Martin. Die wir i' eahm scho' nehma!
Schneidauf. Na, nachher könnt's scho' geh'n. Dös muaß aber b'sonders durchg'spekulirt werd'n. (Setzt sich zu Martin und spricht leise weiter.)

7. Scene.

Vorige. Frühauf (entfernt sich mit Schwarz aus dem Inneren seines Hauses und begleitet ihn bis zur äußeren Thür des Martin'schen Gehöftes, wo er mit ihm stehen bleibt.)

Frühauf (während des Gehens). Wia i' g'sagt hob', Herr Förster, i' bin net dageg'n! Was hab'n mr denn von der Jagd? Nix! Hie und da schiaßt si' 'mal a Nachbar! Auf d' Woch'n kommt der Jagdausschuß z'samm, da is d' Hand, i' bin dafür, daß ma' d' Jagd dem Herrn Graf'n gibt. Aber d' Schäden muaß er ersetzen.
Schneidauf (der stets überall seine Augen hat, für sich). Safra, Safra, der Herr Förster könnt si' a scho' amol verheirath'n.
Schwarz. Was d' Schäden anlangt, werd'n wir scho' auf glei' komm'n. Und wann's an Hunderter jährli' woar. Den schiaßt's do' net außer. Auf a Stückel Holz und and're

Kleinigkeiten schaut nachher der Herr Graf a net. J' verlaß
mi' also auf euer Wort.
 Schneidauf (für sich). Der Förster muaß heirath'n.
J' will calm vorlaufen.
 Frühauf. Wann der Graf net 'n Schaden vergüaten
will, waß i' net, ob der Jagdausschuß d'rauf eingeht.
 Schwarz. Die werden scho' auf euch hör'n. Und hiazt
grüaß Gott, Herr Vorstand (drückt ihm die Hand und ent-
fernt sich).
 Schneidauf. J' muaß jetzt schnell furt. B'hüat Gott,
Vater! J' wer' scho' an uns're G'schicht denken.
 Martin. 'S wird net euer — Schad'n sein! —
 Schneidauf. Schön gut'n Morgen, Herr Vorstand!
(Läuft dem Förster nach und begrüßt ihn devot. Schwarz dankt
und entfernt sich mit ihm.)
 Frühauf. B'hüat Gott (tritt in den Hof Martin's).
An schön guat'n Morg'n, Nachbar!

8. Scene.

Martin. Dank schön — dank schön!
Frühauf. No, und wia geht's?
Martin. 'S geht scho' auf d' Letzt! J' g'fühl's scho'
(auf die Brust zeigend), daß es z' End' geht!
 Frühauf. No, no, 's wird scho' besser werd'n.
 Martin. Wird's, is guat — wird's net, is a guat —
J' bin scho' a gar alter Kerl — im März — kommt scho'
d'r Siebz'ger —
 Frühauf. A schön's Alter. Wir san halt Alle in
Gott's Hand, Nachbar. (Kehrt sich plötzlich Martin zu, feier-
lich.) Habt's ihr aber a scho' g'höri' Ordnung g'macht?
 Martin (sieht zu ihm auf). Ordnung? Hm, Hm —
 Frühauf Dessentweg'n muaß ja der Mensch net
glei' sterb'n. Schaut's, der alte Lähnel hat si' vor an Viertel
Jahr 'n Notar'n ruaf'n lass'n und heut lauft er no' wia
a Reb'händl um. B'sunders wann kane Kinder sind, kummt
nix über d' Ordnung.

Martin (boshaft). Glaubt's ös?

Frühauf. An Junger kann — an Alter muaß!

Martin (eifrig). An Alter muaß!

Frühauf. Damit i' euch d' ganze Wahrheit sag', der Doktor hat mi' selber d'rauf aufmerksam g'macht.

Martin (erschrickt). Warum — hat — er bös net — mir g'sagt.

Frühauf. Aber, Nachbar, wia kunnt er das euch sag'n? Schauts! Ihr habts euch der Annerl ang'nommen, so sorgt a bei Zeiten für's Madel. 'S Annerl und der Franz san euere anz'gen Verwandten. Franz hat gnua am Seinigen — d' Annerl hat nix. Sollt sie leicht mit eahm theilen? Sie, die von Kindheit auf g'holfen hat d'rum plag'n.

Martin (boshaft). Ihr habt's a guat's Herz — Nachbar. —

Frühauf (wie wenn er nichts bemerkt hätte). Aber so viel Jahrln, Nachbar. 'S Madel is vor mein' Aug'n aufg'wachsen. Wann i' über's Gitter schau, sieh' i' d' Annerl schinden und rackern. Und für was? Bloß um das Stückel Brot! Denn viel Fetzen hängt's ihr net auf ihr.

Martin (ärgerlich). Soll't i' leicht a so verschwend'n wia ihr?

Frühauf (zuckt, sieht ihn drohend an, bekämpft jedoch seine Aufregung). No, laß m'r das! Wann i' verschwend', so verschwend' i' nur 's Meine, verstanden, Nachbar? — Aber sag'n m'r uns d' Wahrheit und san mr all'weil guat z'samm. Schaut's, Nachbar. Der neuche Notar hat heut' im oberen Wirthshaus sein erst's amtli's Wirken. Was that's euch verschlag'n, wann ihr um eahm schicket und amol Ordnung machet?

Martin (weich). Hm — 's wär' Zeit — d'ran z' denk'n. — I' hab's freili' scho' aufg'schrieb'n — aber waß der Himmel — ob's richti' is. Ja, ja d' höchste Zeit. (Fährt mit den Händen über die Augen.) Also der Notar is heut' im Durf?

Frühauf (eifrig). Ja. Soll i' um eahm schick'n?

Martin (ebenso eifrig). Na — na — dös kam z' theuer — wann er herkam — i' geh' selber hin — ihr habt's recht. (Entschieden.) Ja, i' geh' hin!

Frühauf. Ihr könnt ja kaum kriech'n.

Martin. I' schlepp' mi' scho' hin. (Ruft.) Annerl! Annerl!

Frühauf. Wann ihr wollt, führ' i' euch selber hin.

Martin. Na — na — i' dank schö' —! Annerl!!!

9. Scene.

Anna. Was will's 's Großvaterl?

Martin. Nimm a — Jacken — führst mi' wohin.

Anna. Glei', Großvaterl! (Entfernt sich.)

Frühauf. Das lob' i' mir an euch; 's is a euere heiligste Pflicht.

Martin (boshaft). Glaubt ihr? (Mit einem Tonfalle, dem boshafte Schadenfreude innewohnt.) Nun ja — i' muaß mi' — gründli' um's Madel kümmern.

Frühauf. Bravo, Nachbar, bravo (reibt sich die Hände).

Martin. So — das 's für's ganze Leben — versorgt is —

Frühauf. Ihr schafft's damit a guat's Beispiel und a guat's Werk.

Martin. Damit ihr a ka — Haderlump's Geld — durchhau'n thuat, was i' so mühseli' derarbeit' hab' —

Frühauf (sieht ihn scharf an, wie um ihn zu ergründen, unterdrückt seinen aufsteigenden Zorn). Guat so, guat so —

Martin (boshaft). A, das g'freut mi', daß ihr mit mir harmonirt.

Anna (kehrt zurück sich die Jacke zuknöpfend und hält ein Tuch in der Hand).

Martin (sie ansehend). Z' was — hast denn d' neuche Jacken g'nummen? —

Anna. Ja, i' hob' halt glaubt —

Martin. Geh'st um d' alte Jacken! —

Anna (geht schweigend).

Frühauf. Aber, Nachbar! 'S is a jung's Mad'l. Warum gönn't ihr ihr net das biss'l Putz?

Martin (rasch). Den hat's für'n Sonntag. — Neun Guld'n — hab' i' am Jahrmark — dem Diab'n für d' Jacken geb'n müaß'n. — So a theu're Jacken — an Wochentäg rumz'schleppen — J' stehl' ja net 's Geld.

Anna (kehrt in einer alten Kattunjacke zurück).

Martin. So, Mad'l — wia dir d' alte — no' guat steht — komm', hilf mir.

Anna (tritt hinzu und hilft ihm aufstehen). Stützt euch nur auf mi', Großvaterl!

Martin. Geh'n und sitz'n — dös geht no' — aber aufsteh'n von der Bank — das macht B'schwerden. (Erhebt sich mit Anstrengung.)

Anna. Wo soll i' euch hinführ'n, Großvaterl?

Martin. In's ob're Wirthshaus! —

Anna (überrascht). In's Wirthshaus!

Martin. Führ' mi' nur hin — i' geh' zum Notaren!

Anna. Ah so. —

Martin. Wann ihr ka dringend's G'schäft habt's, gebt's mir a wen'gel auf's Haus und 'n Hof Acht.

Frühauf. Vom Herzen gern. Geh't nur.

Martin. J geh' scho', i' geh' scho'. B'hüat Gott, b'hüat Gott, Nachbar! (Stützt sich auf Anna, indem er langsam und gebückt sich entfernt von Zeit zu Zeit anfathmend, stehen bleibend.)

Anna. Gebt's nur schön Acht, Großvaterl!

Frühauf (führt ihn auf der anderen Seite). Ja, ja! Gebt's nur schön Acht, dass 's net ausrutscht. (Martin und Anna entfernen sich.)

10. Scene.

Frühauf (allein).

Frühauf (ihm nachrufend). Guate Verrichtung! (Sieht ihm nach. Nachdem beide entschwunden, schreitet er rasch nach rom, sieht sich vorsichtig um und athmet erleichtert auf.) Endlich! Gott hat ji' meiner in mei'n Todesängsten derbarmt! (Wischt sich den Schweiß von der Stirne.) Jetzt wird's do' vielleicht sein, Teuxelsalter. Wia mit Butter muaß ma' mit ealm umgeh'n. In mir hot's scho' kocht. Aber die Hauptsach', einz'ge Erbin. (Reibt sich die Hände.) Hahaha, hier wird a neuch's Gebäud' aufg'führt, dös Gitter wird außag'schmissen. Was von d' Felder ji' zu d' unser'n schickt, bleibt, 's And're wird verkauft: d' Mehrzahl der Schulden wird g'zahlt, der Rest wird der Hypothekenbank auf vier Prozent übergeb'n. Haha! Ohne daß es calm wehthut, wird's Kapital abg'zahlt, und eh' ma' sich's denkt, is d' Wirthschaft wiader so rein wi'ra Glas. Dös is mir vorzügli' ausgang'n. Langsam hob i' calm d'rauf vorb'reit Da a Wörtl, dort a Wörtl, bis heut' d' G'legenheit zum Vollenden war. (Sich ermannend.) Aber so lang' der Alte lebt, is an nix z' denken. (Heiterer.) A was, wia lang kann er denn no' mach'n? Wann nur's Testament is   a Weil kann i' mi' no' durchg'fretten. Wenn nur mei' schöne Wirthschaft erhalten bleibt — für mein Sohn — und Alle die, die schon nach ihr g'spitzt hab'n, hab'n aus mit ihrer Freud. Hahaha! (Hält plötzlich inne.) Aber die Steuergelder — die Steuergelder — a, die werd' i' a scho' auf ra Art — b'schaffen. Hahaha! Glücklicher Pepi! (Nähert sich dem beide Höfe trennenden Gitter.) Pepi! Pepi!!

11. Scene.

Frühauf, Josef.

Josef (sieht nach dem zweiten Rufe aus der Thüre des Frühauf'schen Hauses. Er ist in der Weste, hat aufgeschürzte Hemdärmeln, die Hosen in den Stiefeln und auf dem Kopfe eine Mütze). Hobt ihr mi' g'rufen?

Frühauf. Was machst denn drin?

Josef. Häckerling.

Frühauf. Laß das jetzt und komm her g'schwind, i' hab' für di' a b'sund're Neuigkeit.

*

Josef (geht bis an das Gitter). Was is denn g'scheg'n?

Frühauf. Komm her, das kann ma' net über'n Zaun sag'n.

Josef. Is denn der Martin net z' Haus?

Frühauf. Na, so komm' schnell.

Josef (überklettert). Also, was is los?

Frühauf (nähert sich ihm geheimnisvoll). Waßt, z' was is groad g'bracht hab? Damit er zum Notaren geht — und sich von ihm 'n letzten Willen aufsetz'n laßt. (Sieht Josef siegreich an.)

Josef (ruhig). Nun, und?

Frühauf (mit gedämpfter Stimme). Und du b'greifst net? Glücklicher Pepi! Hahaha, jetzand is vielleicht scho' unterschriab'n, daß Alles, so wias geht und steht, der Anerl g'hört. Und i', i' hab' cahm dazu g'bracht.

Josef (hört ihm traurig zu).

Frühauf. Du g'freust di' goar net?

Josef. Hübsch weit hab'n wir's g'bracht! Fremde Leut' müassen euch außireißen. Und 's war do net nöthig g'west.

Frühauf (schroff). Willst mir vielleicht d' Vergang'nheit vorhalt'n?

Josef. Was thät das nützen. Wann ihr wenigstens jetzt die Dummheiten lassen wollt.

Frühauf (aufbrausend). Was für Dummheit'n?

Josef. Dös wiaßt's ihr selber am besten. Wia z'letzt mit'n Vieh. I' hab's wia d' Augen im Kopf' g'habt, hob' damit g'spielt wia mit an klan Kind, jetzt habt's es für dreihundert Gulden verkauft.

Frühauf. Das woar do' a guater Preis!

Josef (stolz). 'S stand a dafür. Aber was is g'scheg'n? An Hunderter habt's an Ferdel in Karten verspielt —

Frühauf. I' hatt' groad Glück und wollt mi' an Ferdel räch'n' weil er mi' so oft überspielt hat —

Josef. Und habt's euch wieder überspiel'n lass'n. Den zweiten Hunderter —

Frühauf (rasch). Wollt' i' in d' Hypothekenbank auf d' längst verfall'nen Raten schick'n.

Josef. Ihr habt's dös aber a net than, weil ihr den zweiten Hunderter a verspielt habt.

Frühauf (lacht). Beinah' hätt' i's guat auszahlt. An dem Abend hab' i' an Riesenglück g'habt. Bedenk, hundertfufz'g Gulden hab' i' scho' g'wonnen g'habt.

Josef. Und den dritten Hunderter habt's a außig'schmissen. Alle Gäst' im Wirthshaus habt's b'wirth' und der Kellnerin für a jed's Glas Bier a Guldenzettel geb'n. Dös is a Sünd' a so mit'n Geld umz'geh'n. I' schind um an jed'n Kreuzer, arbeit für zwa, gunn mir net amol a Zigarl, und ihr —

Frühauf. I' konnt' mi' do' net neben 'n Martin Franz schmutzen. Den hätt's erst seh'n sollen!

Josef. Guat, guat, wanen könnt' i' über die Verschwendung.

Frühauf. Schweig, Brummbär. I' sorg' mi' ordtli' um di';

Josef. 'S wär' a scho' amol Zeit dazua!

Frühauf (erbittert die Hand erhebend). Bua!! —

Josef (in wachsender Erregung). Ohne Schulden habt's ihr d' Wirthschaft übernommen, fünf Tausend Gulden habt's baar's Geld g'habt! Schaut's heut' in d' Bücher — net a anz'ge Ziegel g'hört mehr uns.

Frühauf (verwirrt die Hand sinken lassend). Hat denn der Bau da wenig kost'? Oder hätt' i' leicht wia der alte Martin leb'n soll'n?

Josef. Dös war net nöthig; aber mit vollen Händen 's Geld außischmeißen war unnöthi'. Wenigstens hätt's auf mein mütterliches Erbtheil net Hand anleg'n soll'n.

Frühauf (zuckt zusammen). Redt net, jetzt is für di' g'sorgt. Wia lang kann denn der Alte no' aushalt'n? Er hat ja eh Ath'mb'schwerden und sicherli' a an Herzfehler. A bißl a größ're Aufregung kann eahm bei sein' Alter z'sammenreiß'n. I' waß dös vom Doktor, der scho' mehrmals bei eahm war.

Josef (wehmüthig). Wart'n auf'n Tod von an Ander'n! Jetzt hab' i' aber gnua! Oh daß i' net beim Militär blieben bin. Das Guat können w'r eh net halten, der Robitschef will sei' Geld und treibt's auf d' Exekution, weil er Lust und Schneid auf unser Guat hat. 'S is ewi' Schad um mei' Arbeit, i' muaß mi' bloß für d' Int'ressen schind'n. Wiar der Robitschek d' Klag' überreicht, geh' i' auf und davon

Frühauf (erschrecken). Was, weggeh'n willst? Wohin?
Josef. Wohin? Wo i' a Arbeit find' dort bleib' i'! —
Frühauf (ängstlich). Du möchst wirkli' fort, das Guat, wost g'bor'n worden bist, möchst verlassen? Den Ort, wo dein Vater, Großvater und Urgroßvater auf d' Welt kommen san? Du möchst d' Felder verlass'n, die in uns'rer Famili' seit hundert Jahr sind?
Josef. J' geh' liaber selber, als daß i' wart', bis ma' mi' d'vonjagt!
Frühauf (erregt). D'vonjagen? (Ermannt sich). Narr, bis dahin is no' weit. Nirgends wirst hingeh'n.
Josef (mit Nachdruck). Ihr wißt, was i' mir amol in Kopf g'setzt hab', dös führ' i' a durch! Und das sitzt da (zeigt auf den Kopf). Von der Zeit an, wia i' vom Militär z'ruck bin und i' mir euere Wirthschaft durchg'schaut hab'.
Frühauf (gezwungen lachend). A schweig', Brummbär! Hihihi!!! — Jetzt weggeh'n z' wollen, wann der Voater a solch'ne Braut b'sorgt hat. Aber stad, d' Annerl kehrt z'ruck. —

12. Scene.

Vorige. Anna.

Frühauf. Is der Großvater beim Notar, Töchterl?
Anna. Ja, der Herr Notar schreibt scho'! Wias zwa Zeug'n g'holt hab'n, hat mi' der Großvater wegg'schickt.
Frühauf. Siehst, Madel, jetzt is für di' g'sorgt. Und dös is mei' Werk.
Anna. J' dank euch. Sei's wia's will. (Nähert sich Josef, der traurig in Gedanken versunken steht.)
Frühauf. Er hat mir's ja selber g'sagt. Und wem Andern thät' er's a vermach'n als dir! Hehehe! 'S wird a fesch' Paarl aus euch werden, und wia's euch paßt Aber

g'radzua großarti'! Die zwa schön Wirthschaften nebenanand, 's wär' a Sünd, wann's net in ane Hand kämen. Na, ös wird's a schön's Andenken an mi' haben. Hihihi!

Josef (macht eine ungeduldige Bewegung).

Frühauf. Ah so, ös wollt's mit anander reden, so lang euch der alte Martin net sieht! Versteh', versteh', i' will euch a net hinderli' sein. Hehehe. J' geh' nachschau'n, wia weit er is. B'hüat Gott, Kinder, sehr guat steht's euch, Kinder. Hehehe! (Ab.)

Anna. Grüaß Gott, Herr Voater!

13. Scene.

Anna. Josef.

Anna (tritt zu Josef). Was is dir, Pepi?

Josef. 'S is m'r all's scho' z'wider! J' arbeit' bis zum Verend'n und 's führt z' nix. Und mei' Liab z' dir muaß i' versteck'n wie a Diab, weil dei' Großvater mi' jagen thät', wann i' vor eahm hintretet und 's waget, di' z'begehr'n. (Bitter.) Wer gebet a sein Kind dem Sohne Frühauf's?

Anna (beklommen). Freili' darf d' Großvoater net wiss'n, daß wir uns gern hab'n. Er kann dein' Voater sein leichtsinnig's Wirthschaften net vergeb'n. Aber Gott straf' mi' net, ewi' kann's do' so net bleib'n. J' muaß eahm bis zu sein' Tod' d'eana, aber nachher bin i' dein, a G'höft verkauf'n wir und in ander'n werd'n wir leb'n und wirthschaft'n.

Josef. Und wia wenn in dem letzten Will'n, den er groad eben schreibt, es ganz anders aufg'stellt wird?

Anna (traurig). Gott, wenn er's anders aufstellt (wischt sich die Augen), dein Voater wurd' nia d'rein willig'n.

Josef (sie in seine Arme schließend). Annerl, hast mi' wirkli' gern?

Anna (sich an ihn schmiegend). Du waßt's ja, wia gern! Und ob i' di' wirkli' gern hab'. Du woarst der Erste, der so ganz anders z' mir g'red't hat als wia d' Ander'n.

Mein' Eltern hab' i' nia g'kannt, und d' Großvater, er hat mi' vom Herz'n gern und mant's ehrli' und guat mit mir. Aber er kann's halt net zeig'n. Wia hab' i' mi' immer g'sehnt nach an herzlich'n Wort und nach an ehrlich'n Herzen! Und dös hab' i' nur bei dir g'fund'n.

Josef (bewegt). Mei' liab's, guat's Annerl! (Sie an seine Brust drückend.) Am liabsten genget i' mit dir furt, weit, weit weg von hier, um z' arbeit'n bis zum letzt'n Ath'mzug. Da, schau dir meine Händ' an, dö sag'n dir durch eahnere Schwiel'n, daß i' arbeit'n kann. Und wer g'arbeit' hat, is no' nia Hungers g'storb'n.

Anna. Am liabsten genget i' mit dir bis an's End' der Welt. Gelt, jetzand darf i' eahm net verlass'n. I' woar a klan's, unb'holf'nes Kind, wia er mi' zu si' g'nomm'n hat. Er hat mi' aufg'zog'n, und jetzand, wo er am Rand' des Grab's steht, sollt' i' eahm verlass'n?

Josef (nach kurzem Kampfe). Ja — hast recht, mei' Herz — dejsweg'n is besser — i' geh' allani.

Anna (erschrocken). Du allani!?

Josef. I' komm' scho' wieder! Entweder um di' — oder z' dir. (Lärm hinter der Scene). Wos is dös? Achtung! (Er flieht von Anna bis zum Zaun.)

14. Scene.

Frühauf. — Martin (der sich auf seinen Körper stützt). — Schneidauf (stützt ihn auf der anderen Seite). — Leute. — (Später) Crescenz.

Anna (ihn erblickend). Jessus Maria! Großvaterl, was is euch!! —

Frühauf. Sei stad, richt's Bett her und du (zu Josef) mach's Thor zu, wir brauch'n kane Gasser. (Josef schließt das Thor. Die Leute bleiben an der Planke stehen und sehen in den Hofraum.)

Martin (mit Anstrengung). Net — in's Bett — laßt mi' — auf der frisch'n Luft!

Frühauf. Hörst, fahr' um 'n Doktor, nimm' uns'ru Wag'n!

Schneidauf. Gern, mit tausend Freud'n, glei' bin i' mit eahm da.

Anna (ängstlich Martin führend.) Um Gott's Will'n, Großvaterl, was is denn g'scheg'n?

Martin (sinkt zusammen und fällt auf die Bank, die Schneidauf nach vorn trägt).

Frühauf. Wunder di' net, wann an Mensch sein letzten Will'n macht, dös is ka Kleinigkeit.

Schneidauf. Und nachher der Franz —

Anna. Der Franz? Hat der leicht 'n Großvoater was than?

Schneidauf. Wia der Alte aus der Hinterstub'n vom Notar 'raustritt, springt der Franz, der scho' a wen'gerl ang'trunk'n woar, dem Alten entgeg'n und ruft: No, habt's ös a an dös denkt, was i' euch g'sagt hab', schimmliger Alter! Und der arme Alte is so viel derschrock'n!

Frühauf. Lauft's, lauft's um 'n Doktor!

Schneidauf. I' lauf eh! (Ab.)

Anna. Der rohe G'sell! (Nähert sich Martin). Denkt net d'ran, Großvoater!

Martin (drückt sie mit Anstrengung an sich). Du, du guats Kind.

Crescenz (läuft aus dem Hause). Jegerl, Jegerl' was is denn los, was geht denn vor?

Frühauf. Denkt net an den Buab'n! Ihr habt's 'n wenigstens erkennt. 'S wird scho' wiader guat werd'n.

Martin. Der Teufel — wird's guat werd'n (schwer athmend).

Frühauf. Aber habt's ihr a an das guate Kind da denkt? (Zeigt auf Anna.)

Martin. G'wiß — g'wiß — hab' i' denkt. All's, all's g'hört ihr —

Crescenz (für sich). Ach die glückliche Anna!!

Frühauf (der seine Freude nicht unterdrücken kann). Endli'! Endli'!!!

Martin (ihn ansehend boshaft, giftig). Ja — endli' — i' hob' mi' a d'rum kümmert — damit dös, was i' ihr verschreib' — ihr a bleib'n soll für alle Zeiten. —

Frühauf. No, das is nur ganz in der Ordnung!

Martin (boshaft). I' waß — net, ob's — groad euch g'fall'n wird!

Frühauf (plötzlich beunruhigt). Was wollt's ihr damit sag'n? —

Anna (erschrickt und sieht unverwandt auf Martin).

Martin. Annerl! — All's is dein — dein — aber i' hob dir a G'setzl einigeb'n. (Schwer athmend.)

Frühauf (stutzt). A G'setzl? —

Anna. Redt's net von solchen Sach'n jetzand Großvaterl —

Martin. I' muaß — dir's sag'n — dös G'setzl, das i' einigeb'n hab'

Anna. Aber ihr habt's —

Frühauf (ungeduldig). Er soll's nur sag'n, damit waß't' woran d' bist, und damit wir erfahren, wia si' der Großvaterl um di' g'sorgt hat.

Anna. Was is denn dös für a G'setzl oder B'stimmung?

Martin. Die B'dingung, daß — (verliert den Athem).

Frühauf (auf's Höchste erregt). Daß — daß — redt's do' —

Martin (mit Anstrengung). Wart's — (Nach einer Weile), daß — dir net nehmen darfst (mit Hast hervorstoßend) 'n jungen Frühauf! — (Bewegung.)

Anna (schreit entsetzt auf). Großvaterl! (Tief athmend.)

Josef (hält sich an einen Holzpfosten) I' hab's g'ahnt! I' hab's g'ahnt — —

Crescenz. Schau — schau —

Frühauf (der plötzlich wankt, athemlos). Waaas? Was habt's g'sagt?

Martin (beruhigter, mit giftigem Lachen). Ihr habt's glaubt — i' hätt' euch — net durchg'schaut?

Frühauf (tonlos wiederholend). Net — durchg'schaut —

Martin. Ja! Net durchg'schaut! — Der Josef — is jetzand — a braver Bursch — aber in a, zwa Jahrln — wird er groad a so sein — wia sei' Voater! —

Frühauf (der kaum mehr seine Wuth bemeistern kann). Und dös, dös traut's euch mir z' sag'n?

Martin (mit steigender Erregung). Ja — groad euch! — Und mit mei' schwar verdientem Geld — sollt i' — d' Schulden — eines solch'n Verschwenders zahl'n? — (Auf Frühauf zeigend.) Dessentweg'n hab' i' mi' — mei' Leben lang — net g'plagt. —

Frühauf (erbittert und auf's Höchste gereizt). Was? Was??!

Martin. Ja — ja — 's is scho' unterschrieb'n — Will er nur di' — und net 's Guat — und 's Geld — so soll er di' nehm'n — aber arm. — Dös — wird er — aber net thun. — Und neahmt er di' do' — kriagt's Guat — und all's And're — an And'rer! —

Frühauf (wie früher nachsprechend). An And'rer — —

Martin. Aber merk' dir meine Red' — und meine Wort - hüat' di' vor eahm — i' warn' di' — versprich mir, Kind! —

Frühauf (wild). Und wer, wer kriagt's? —

Josef (für sich). An And'rer — —

Martin. Nach mei' Tod' — wird's — scho' derfahr'n —

Frühauf (geängstigt). Dös is ja net mögli'. — Ös wollt's uns nur schrecka — net woahr, ös mant's dös net im Ernst'?

Martin. J' red' d' Wahrheit — so woahr Gott über mi' is. —

Frühauf (losfahrend mit wachsender Erregung). Dös woar die Woahrheit? Auf an And'ren habt's g'denkt und dös arme Kind, dös si' von der Kindheit an für euch g'plagt hat, habt's unglückli' g'macht, dös arme Waserl, 's eigen' Blut habt's b'stohl'n.

Anna (die wie seelenlos da gestanden, bedeckt plötzlich mit beiden Händen das Gesicht. Schmerzlich). Großvoater!!

Martin. B'ſtohl'n i' d' Annerl? — (Zu Anna gewendet.) Nach Jahr'n — wirſt 's erkenna — und mir dankbar ſein. — J' hab' ehrli' g'ſurgt — daſs di' kan And'rer net b'ſtiehlt! Verſprich mir —

Frühauf (drohend). Wer, wer is der And're!!?

Martin (in ſtets ſteigender Erregung). Willſt es wiſſ'n — J' will dir's ſag'n — du möchſt gern mei' Geld — vergend'n — wias das deine vergeud't haſt —

Frühauf (immer wilder). Dös trauſt di' mir in d' Augen z' ſagen!

Martin. Ja dir! — Dir hat's ſi's net d'rum g'hand'lt weg'n dei' Sohn — net weg'n Mad'l — bloß um — mei' Geld —

Frühauf. Du alt's Läſtermaul! No an Wort und d' ſollſt ſeg'n! (Erhebt drohend die Hand.)

Martin (mit größter Anſtrengung). Du glaubſt — i' fürcht' mi' — vor dir. — Wannſt Muath haſt — ſo ſchlog nach'n Greis — der am Rand vom Grab ſteht — Du, du Dieb an dein'm Sohn! —

Frühauf (zuckt bei dem Worte Dieb). Und i' ſchog' zu! (Will ſich im größten Zorne auf Martin ſtürzen. Bewegung. Crescenz bricht die Hände.)

Joſef (fällt ihm in den Arm). Voater!

Frühauf (will ſich entreißen). Loaß mi'!

Martin (in höchſter Erregung am ganzen Körper zitternd). Schlag' mi' todt — ſchlag' mi' todt. — (Sinkt plötzlich zuſammen und greift raſch in die Gegend des Herzens. Stammelnd.) Es is ſcho' aufg'ſchriab'n — Es is ſcho' — (Sinkt von der Bank zur Erde nieder.)

Anna (ſtürzt ſich auf ihn). Allmächt'ger Gott! Er ſtirbt! Großvaterl, theuer's, guat's Großvaterl! (Schluchzt. Allgemeine Bewegung.)

Frühauf (hat ſich ſeinem Sohne entwunden, ſteht vor Martin mit erhobener Fauſt, läßt dieſelbe aber langſam ſinken. Er ſieht Martin eine Weile an, dann wankt er zum Gitter, und indem er ſich an daſſelbe anklammert, ſpricht er für ſich wie traumverloren). Verlor'n, i' bin verlor'n — —

(Der Vorhang ſenkt ſich raſch.)

Zweiter Act.

Bauernstube bei Frühauf. Im Hintergrunde ein Bett mit rothgestreiften Polstern hoch aufgebettet, über demselben hängt ein doppelläufiges Gewehr. Rechts (vom Publikum) bei dem Fenster ein Tisch, Sessel und eine Bank. Links beim Eingange (Mitte) ein großer Kachelofen, auf demselben eine Katze. Geschirrständer mit Geschirr. Auf der anderen Seite der Thüre eine Truhe. An der Wand mehrere Heiligenbilder. In der Nähe des Ofens sind zwei bis drei Stricke gespannt, auf welchen Wäschestücke hängen.

1. Scene.

Crescenz (sitzt am Ofen und kratzt mit einem Blechlöffel Kartoffeln; sie hat aufgeschürzte Röcke und kurze Ärmel). I' hab's g'sagt, daß heuer d' Erdäpfeln schlecht ausfall'n! Dös woar aber a' immer a Reg'n! Und 's is a so, ma' hat's rein aus'n Wasser ziag'n müass'n. Scho' wiader Auer, lauter Wasser und lauter Fäulniß! (Wirft ihn weg.)

Schneidauf (schaut durch die Thür). An schön' guat'n Moring, Crescenz! (Sieht sich um.) No — d' Herr Vorstand net z' Haus?

Crescenz. A — schau, schau, der Schneidauf! Grüaß Gott! Wo habt's euch denn herg'nomma?

Schneidauf. Wo will i' mi' herg'nomma hab'n? Wo is denn der Vorstand?

Crescenz. Wo wird er denn sein? Im hinter'n Zimmer is er mit'n Herrn Förster.

Schneidauf (geht zur Thür zurück). Mit dem Herrn Förster? No, i' kann ja wart'n.

Crescenz. Aber — was wollt's ös von eahm hab'n?

Schneidauf. Was liagt denn euch d'ran? Nur jo — jo, nix b'jonders. I' will draußt woart'n, bis der Herr Förster weggeht (Will hinaus.)

Crescenz. Aber wart's do' hier in der Stub'n.

Schneidauf (launig). Soll i' euch leicht bei der Schälerei helf'n?

Crescenz. Seht's, dös könnt's — wann's mög'st!

Schneidauf I' will euch liaber anlehg'n!

Crescenz. Hihihi! — Seid's ihr a Solch'ner?

Schneidauf (sieht sie eine Weile an, dann zutraulicher). No — (zwickt sie in die Wange). 'S steht scho' dafür! Waß Gott, dös hätt' i' goar net denkt—

Crescenz (verschämt). Aber geht's —

Schneidauf No, Zenzi, schaut's, i' hob' mi' euch no' net näher ang'seg'n. Aus euch war no' a stramm's Wei' z' mach'n. Hehehe!

Crescenz (geschmeichelt). Aber geht's ös, Hallodri!

Schneidauf. Na, Zenzi, schaut's. I' hab' euch no' net näher ang'seg'n — no, was möchst's so z' an ordtlich'n Freier sag'n? —

Crescenz. Aber geht's — wer that si' mi' nehma?

Schneidauf. No, mei' liabs Diarndl — a wen'gerl a Geld und — 's könnt glei' sein!

Crescenz. Aber weg'n Geld —

Schneidauf (überrascht, sieht sie an, als ob er seinem Gehör nicht trauen wollte). Was sagt ihr?

Crescenz. No — weg'n Geld — (Kratzt eifriger Kartoffel.)

Schneidauf. Weg'n Geld — wo möchst denn die Zenzi hernehma?

Crescenz. Wo i' 's hernehmat? — I nu aus der Spoarkass'! —

Schneidauf (auf's Höchste überrascht). Aus der Sparkass'? — (Plötzlich überlegend.) Hehe! Dort gibt's freili' Geld gnua! Net wahr, Zenzi!

Crescenz. So geht's holt hin und fragt's!

Schneidauf. Red's net a so, Zenzi. Dös müaßt ma' ja wiss'n.

Crescenz (sieht sich vorsichtig um). Aber — i' kunnt's Büch'l zeigen —

Schneidauf (aufschreiend). 'S Büch'l! Wirkli'? No, wia viel is drin?

Crescenz (sich umsehend). Aber sagt's es Neamd' — vierhundert Guld'n!

Schneidauf (pfeift). Fff! Zenzi lüagt's ös net?

Crescenz. Wann i' sag', meiner Seel'!

Schneidauf (setzt sich näher zu ihr). Aber geht's. Warum hätt's ihr so lang d'mit g'schwieg'n?

Crescenz (sieht sich ängstlich um). I' hob' holt an Angst — holt so viel Angst, daß si's der Alte ausborg'n that. —

Schneidauf. Dös is freili' was Ander's! (Sieht sich um und setzt sich wieder näher.) Mei' liabe Zenzi, seid' nur vorsichti'. — Ihr wüßt's, daß mit'n Geld net z'spaßen is. Und d' Leut', d' Leut' san so viel schlecht.

Crescenz. Und dann —

Schneidauf. No — und dann?

Crescenz. I' g'scham mi' dös z' sagen!

Schneidauf. Aber Zenzerl — vor mi' braucht's euch do' net z' schäma! (Nimmt sie beim Kinn). Hehehe!

Crescenz. No wann i' euch's ehrli' sagn sollt', i' will net, daß ma' vom Geld red'. I' möcht' gern, daß wann mi' aner nahmt, daß der mi' aus Liab und net weg'n Geld neahmt.

Schneidauf. Mit'n Geld wird's scho' besser geh'n. — Do is scho' g'scheidter sich zum Geld z' b'kenna. Wer that jetzt aus Liab heirath'n bei dö theuern Zeit'n. An der bloßen Figur fangt si' jetzt kaner. Da könnt's ös lang wart'n. Es is nimmer a so wia's vor Zeiten woar. Ja, auf d'vier Hunderter gengat's ehnder.

Crescenz. Schaut's, Schneidauf, i' wollt' scho' längst mit euch a Wört'l red'n. Hier (sieht sich vorsichtig um) wird's eh' bald a schlecht's End nehma. Sollt' i' wiader deana geh'n? Hm i' gangat vial liaber in's Eig'ne!

Schneidauf. Segn's Zenzi, dös lob i', dös is a Red'.

Crescenz (gespannt). Wißt's ihr leicht von an'm?

Schneidauf (hüstelt und setzt sich näher). No und — hehehe — (lacht sie an) dürft's leicht a Witwer sein!

Crescenz (schnell). Aber dös is mir all's an's. Nur daß —

Schneidauf (erschrickt). Nur daß? — — —

Crescenz. No, ihr wüßt's ja eh, i' hab' an' Bub'n —

Schneidauf. Was liegt an an' Bub'n — i' kenn' eahm, a liaber Kerl! (Bei Seite.) Der Mistbuar', wachst rein für'n Galg'n. (Laut.) Ihr habt's 'n mit 'n —

Crescenz (verschämt). Ihr wißt's aber All's?!

Schneidauf. No wißt's Zenzerl, vier Hunderter, die hot net a Jeder, da verzeiht ma' scho' so a Kleinigkeit. No — und wia sollt' er denn sein?

Crescenz. Aber — sei er wie er will, wann er nur a Häusel und a Stückel Feld hat.

Schneidauf. Uj Jegerl wollt' ihr aber hoch 'naus!

Crescenz. Also — a Hütt'n muaß er do' wenigstens hab'n!

Schneidauf (plötzlich). Jsf! I' hob' scho' an!

Crescenz. Aber geht's — und wen denn? (Plötzlich ertönt die Stimme Frühaufs von der Seite.)

Schneidauf (erschrickt, rasch aufstehend). No, mir red'n no' d'rüber! (faßt sie am Kinn.) Also auf Wiederseh'n, liabs Zenzerl — hehehe! B'hüat' Gott. (Für sich.) Daß i', aber von die vier Hunderter nix gewußt hab'! Die thäten si' mir schicken! Für das Geld wär' ja a Häus'l für uns beid'. — (Ab.)

Crescens (sieht ihm nach). B'hüat Gott, Schneidauf. Denkt an mi', net vergess'n!!! (Kratzt weiter Kartoffel.)

2. Scene.

Crescenz. Schwarz (und) **Frühauf** (treten von links auf).

Schwarz. Dös habt's wirkli' guat' g'macht, Herr Vorstand!

Frühauf (trägt während der ganzen Scene Unruhe zur Schau, schaut von Weile zu Weile durchs Fenster und nach der Thüre; spricht zerstreut. Sieht zum Ofen und erblickt dort die Crescenz. Schroff). Kannst net mit'n Erdäpfeln 'naus gehn?

Crescenz. Aber wann i' —

Frühauf. Schaust, daß 'naus kommst!

Crescenz. Aber Herr, 'leicht is net so schlimm. (Entfernt sich mit dem Topfe und den Kartoffeln.)

3. Scene.

Schwarz. Frühauf.

Frühauf. Net so schlimm. Die Menscher san' jetzt grad a so, als wia d' Gräfinnen. Sie muaß d' Erdäpfeln in der Stub'n kratz'n.

Schwarz (lacht). Wie streng ihr seid's Herr Vorstand!

Frühauf. Sollt' man's leicht net sein? Da möchtn's an'm bald über'n Kopf wachsen. Übrigens was wollt' i' nur sag'n? Aha i' waß scho'. Wie i' hab' abstimmen lass'n, da war's schlimm. Der oalte Lehner is net in d' Sitzung kommen, er hat si' 'n Fuaß verstaucht — so war'n halt drei Stimmen gegen zwa! I' hob' halt den Nachbarn g'sagt, si' mög'n sich's guat überleg'n: und in der nächst'n Sitzung, in die kommt der alte Lehner b'stimmt, da wird's scho' geh'n.

Schwarz (lachend). Dank schön, Herr Vorstand! — Hehehe, ihr legt euch a b'sunder's Bild'l beim Herrn Graf'n ein. No wer hätt' das g'sagt, dass wir a mol a Paar so guate Freund no' werd'n könnten.

Frühauf. I' glaub', dass wir das immer woaren?

Schwarz. No laß m'r das. Oder glaubt ihr, i' waß' net, wie gern ihr früher a bisserl g'wildert hab't? — Ihr wart's aber verteuxelt auf der Hut! I' hab' mir — hehehe — alle Müah' geb'n — jetzt kann i's ja sag'n — euch amol z' derwischen. Wie viel Nächt' woar i' auf der Lauer und nur an anzig's Mal — war i' euch auf der Fährt.

Frühauf (vergißt seine Sorgen und lächelt befriedigt). Das war vielleicht an Irrthum! —

Schwarz. Ihr seid a' Schling'l, und wia ihr euch damals g'holfen hab't. B'vor i' zum Platz kam, seid's ihr mir schon entgeg'n komm'n, habt's a Liad'l 'pfiffen — no net wahr, ihr habt's damals a weng'l g'wildert?

Frühauf (indignirt). Aber Herr Förster, was fallt euch ein? (Wie wenn er sich erinnerte.) War es net damals

F. Stolba: Das Testament.

(lacht) bei der groß'n Eich'n im ober'n Revier? Unter'n Äst'n und goar bei d' Wurz'ln — san große Löcher mit Moos verdeckt, is net wahr? Hehehe!

Schwarz (schlägt sich an die Stirn). Beim Teufel — dös hät mir einfall'n soll'n. (Sieht sich den Doppelläufer an der Wand ober dem Bette an und droht). Heut' thät's net da hängen.

Frühauf. Na für d' Zukunft, Herr Förster! —

Schwarz. War't ihr aber durchtrieb'n! Aber nur was wahr is. Von der Zeit an, was ihr Vorstand seid — war's aus mit'n Wild'rer.

Frühauf (hastig). No als Vorstand geht's do' net?

Schwarz. Sehst's Vorstand, jetzt hab' i' euch! Und i' lob' euch a jetzt. Ihr müßt's bis zu euer'm Tod Vorstand bleib'n. I' hab' euch vial liaber als Vorstand, wia als Wild'rer.

Frühauf. Ihr glaubt, daß mi' d' Nachbarn wiader wähl'n? A na' —

Schwarz. Dös werd'n wir ja seh'n. I' will mi' b'müh'n. I' bin froh, daß i' euch im Wald los bin. I' hab' aber no' an, und der brennt und gift mi' wia a höllische Sünd.

Frühauf. So? Und wer is denn das?

Schwarz. Geht, spielt net 'n Dummen. Ihr kennt's 'n eh! 'S is euer g'lehriger Schüler.

Frühauf. So?

Schwarz (mit unterdrücktem Zorn). Aber das sag' i' euch. D'erwisch i' 'mal 'n Franz Martin mit'n G'wehr, nachher wird's bös end'n.

Frühauf (der im Gespräch seine Sorge vergessen, fällt in dieselbe zurück, zerstreut sieht er wieder durch das Fenster). No, no, bis jetzt hab't — ihr ihn no' net.

Schwarz. Ihr wißt, wir Jäger versteh'n uns auf's Wart'n.

Frühauf. Is scho' guat — is scho' guat

Schwarz. Wir werd'n ja seh'n, wer z'letzt lacht, i' oder er. Also b'hüt' Gott, Herr Vorstand. Erst nächste Woch'n seh'n wir uns wiader!

Frühauf. Was sagt ihr?

Schwarz. I' fahr' auf a' Hochzeit. D' Tochter meines jüngst'n Bruders verheirath' si'. — 'S is d' erste Hochzeit in uns'rer Familie. Aber in vier Tagen bin i' wiader z' Haus. Das is eh mein erster Urlaub seit zehn Jahr'n.

Frühauf (zerstreut). Und warum so a klaner?

Schwarz. Vier Täg san für mi' mehr als g'nua. Aber jetzt hab' i' d' höchste Zeit. I' will no' mit'n Nach=mittagszug fort. Grüaß Gott, Herr Vorstand.

Frühauf. Viel Glück auf'n Weg und an guat'n Unterhalt.

Schwarz. No, das wißt's, unterhalt'n wer'n m'r uns schon. Also auf Wiederseh'n (Drücken sich die Hände. Schwarz geht ab.)

4. Scene.

Frühauf (allein tritt rasch zum Fenster).

Frühauf. No, kommt's no' immer net? Und do sollt's scho' da sein! (Geht erregt auf und ab.) D' Verlesung eines Testaments dauert net so lang und a Abschrift kriagt ma' beim Notar für's Geld glei'. (Droht mit geballter Faust.) Der alte Lump wird im Grab net schlaf'n kenna, wann dös wahr is, was er droht hat. (Ängstlich.) Mei' Gott, dös woar mei' letzte Hoffnung. (Wischt sich den Angstschweiß von der Stirn.) I' sollt' von mein Guat weggeh'n, mein Sohn sollt' si' in der Welt als Bettler 'rumtumm'ln — dö Schand. Na, na, dös darf net, dös darf nimmer g'scheg'n — O, Gott! O, Gott!! (Sieht wieder zum Fenster hinaus.)

5. Scene.

Frühauf. — Schneidauf.

Schneidauf (sieht ins Zimmer). Er is allani. I' muaß mir den Bod'n herricht'n, damit der Josef dem Förster net im Weg is. Der Hunderter is mit'n alten Martin g'storb'n

*

aber vom Förster muaß er sein. (Tritt etwas vor.) Grüß Gott, Herr Vorstand — i' wünsch' an guat'n Tag!

Frühauf. Was gibt's Guat's?

Schneidauf. Hehehe, no' was Guat's — und net Guat's, wia ma's nimmt, Herr Vorstand. Es kommt ganz d'rauf an, wia's ma' ansieht. I' saget, daß 's guat woar.

Frühauf. Scho' wiader a Braut für'n Pepi? Loaßt's dös. (Schaut durch das Fenster.)

Schneidauf. Ja, Herr Vorstand — i' hätt' Ane!

Frühauf. Ihr wißt's ja eh', daß der Josef und d' Annerl —

Schneidauf. I' wünschet's 'm Pepi vom Herz'n, wünschet eahm's, er is a braver Bursch und was woahr is, er oarbeit für zwa. — Für jed'n Voatern a Treffer. (Lauernd.) Ma' red't aber so Verschied'ns.

Frühauf (kehrt sich rasch zu ihm). Und was red't ma'?

Schneidauf. No warum sollt' i' euch's net sag'n, Herr Vorstand, wann ihr's eh' verlangt. Ma' sag't halt, daß nix 'draus wird.

Frühauf (schroff). Wer sagt das?

Scheidauf. Na wißt's, Herr Vorstand, leg mr's auf d' Waag'. So und jetzt werf'n w'r in d' ane Waagschüssel 'n Pepi (mit Nachdruck) nur a so wie er is, ohne Allen — und in d' andere Waagschal'n a Guat mit 60 Acker guat'n Bod'n, sauber wie a Glas und sechs Tausender baar's Geld. Und sagt' mir jetzt auf euer guat's G'wissen, welche Schaal'n wird in d' Höh' fliag'n?

Frühauf. Dumm's G'red'! —

Schneidauf. No wißt's, i' will eahm net weh thuan, da sei Gott vor. Er is a fescher Bursch! Aber wann i' wähl'n sollt', und ihr, und a jeder And'rer, no 's werd'n alle nach'n Guat mit'n Geld greif'n. Und wann d' Annerl do' nach'n Pepi greifet, Geld und Guat woar beim Teufel.

Frühauf. Was wißt's ihr da davon?

Schneidauf. Aber i' bitt' euch. Was d' Leut wiss'n, das d'erfahr'n d' Leut! Sie sag'n, daß der Martin für den Fall — All's den Armen verschrieb'n hätt'!

Frühauf (zuckt zusammen und sieht drohend auf ihn).

Schneidauf (unschuldig). Sie sagn's halt' — ob's aber a woahr is — wer waß denn dös. J' glaub, daß d' Annerl net so dumm sein wird, daß sie All's von sich stoßt.

Frühauf (rasch). Der Pepi kann ohne Geld net heirath'n!

Schneidauf. No, — seht's, Herr Vorstand, jetzand san mir beim Richtig'n. J' sag' ja immer: Nur red'n soll der Mensch! No, damit i' euch's kurz sag, i' hab' a guate Braut für'n Pepi.

Frühauf (geht erregt hin und her). Und wer is sie denn?

Schneidauf. Na, wißt's, Herr Vorstand, dös wird's scho' selber einseh'n. Der Pepi kann si' net viel aussuch'n. Na, und a jeder Herr Voater fragt z'erst, was denn der Freier hat!

Frühauf. Was er hat — is scho' recht! Aber is denn mei' Pepi net wie an Bild'l?

Schneidauf. 'S is a Gusto, eahm anz'schau'n. Aber i' bitt' euch, was is mit der Schönheit hintern Pflug — oder im Stall? —

Frühauf (ungeduldig). Wer is's denn eigentli'?

Schneidauf. Wer 's ist — a Wittib is. Aber a guat erhalt'ne. Und nachher zwa Tausender auf's Brett'l, und dann d' Sachen die's hat — Hehehe — Federn auf vier Bett'n, doppelte Ziechen, a seid'nes Kleid, a gold'ne Ketten um 'n Hals — und sonst no' a paar schöne — sehr saub're Sachen — und in 'n Pepi is ganz verschoss'n

Frühauf. Hat's Kinder?

Schneidauf. No ja. Aber was is das auf die — fünf Stück. Und lauter kloan winz'ge. Wer waß — 'leicht sterbn's no' Alle.

Frühauf (nachdenklich). Fünf Kinder — kloane — gut erhalt'n.

Schneidauf. No, i' sag's halt, 's is d' Grub'rin! Ihr kennt's ja, eh!

Frühauf (überrascht). Kenn's, kenn's, zwa Männer hat's scho' b'grab'n!

Schneidauf (eifrig). Was ist das, zwa auf die — die kann ihrer no' mehr b'grab'n! Was? Ah, jo – manich's Mal rutscht a'm a Wörtel außer. — No, was sagt's ihr dazua?

Frühauf. Sie soll a Bißgurn sein!

Schneidauf. Was d' Leut All's red'n. Wann's halt der Sel'ge g'haut hat, hat sie sich's halt net g'fall'n lass'n, was 's derwischt hat, hat's halt derwischt. Hätt' sie si' 'leicht soll'n schlag'n lass'n?

Frühauf. Und 's Geld — auf's Brett?

Schneidauf. No, wann i' 's sag' — 's is in der Sparkass'!

Frühauf. Wir werd'n erst seh'n, wia's mit der An= 'nerl is.

Schneidauf. No, das versteht si'! — (Gedehnt.) Wia aber wird's mit meiner Diät ausseh'n, wann was d'raus wird.

Frühauf. Na, — so red's.

Schneidauf. No, wißt's — Herr Vorstand, unter an Fufz'ger wird's net geh'n. Ihr wißt's do', daß d' Grub'rin nur das thut, was i' ihr rath'n thua.

Frühauf. Na, — an Zehner wird scho' runter geh'n!

Schneidauf. Also guat! Aber nur weil i' euch gern hab'. Also vierz'g Gulden — aber i' muaß 's Geld vor der Hochzeit hab'n.

Frühauf. Guat is — guat. Aber nur stad' sein vor'm Pepi.

Schneidauf. Na, — der thät mi' jag'n. Bis die G'schicht mit der Annerl vorüber is — und dös wird bald sein, meld' i' mi' schon

6. Scene.

Vorige. Josef. Ein Gerichtsbote.

Josef. Da is der Voater!

Bote. Grüaß Gott, Herr Vorstand. I' hab' da a Zu= stellung.

Frühauf (zuckt zusammen). Für mi'?

Bote. Für euch, Herr Vorstand (reicht ihm die Schrift), jo, da unterschreibt's mir's, Herr Vorstand —

Frühauf (überfliegt die Zustellung und steckt dieselbe rasch in die Tasche). Guat, is guat! (Unterschreibt rasch den Zustellungsbogen.)

Bote. Grüaß Gott, Herr Vorstand! (Geht ab.)

Schneidauf. No, und i' will a geh'n. Der G'richtsbot' nimmt mi' scho' mit B'hüat' Gott alle mit anand. (Für sich.) I muaß mi' a wen'gel um d' Zenzi umschau'n. (Ab.)

Frühauf. B'hüat' Gott.

7. Scene.

Frühauf. Josef.

Josef (mit dem Kopfe nach ihm zeigend). Das — jagt's für mi' auf?

Frühauf. 'Leicht! —

Josef. Dö Müah' könnt's euch sparen. I' will mir scho' selber das, was i' will, d'erjag'n.

Frühauf (beklommen). Auch guat! (Kleine Pause.)

Josef (sieht ihn betrübt an). Was habt's scho' wiader vom G'richt kriagt?

Frühauf. No, was kann denn der Mensch vom G'richt kriag'n.

Josef. I' kann mir's denken. Der Robitschek will Geld.

Frühauf. Ja, — das will er.

Josef (seufzend). Aber kriag'n wird er kan's!

Frühauf (rasch). Und warum sollt er's net kriag'n?

Josef. Wo wollt ihr's denn hernehma.

Frühauf (entschieden). Wann's sein muaß, wird's a sein!

Josef (bitter). Ihr glaubt's no' immer, daß der alte Martin mit'n Tod auf der Zung'n g'juxt hat!

Frühauf (fährt sich mit der flachen Hand über die Stirn). Er wollt' mi' sicher nur schreck'n!

Josef. Und was, wann er d' Wahrheit — g'red't hätt'?

Frühauf (läßt den Kopf traurig sinken). Wann er d' Wahrheit g'red't hätt'? (Plötzlich entschieden.) Dann muaß a ander's Mittel g'fund'n werd'n.

Josef. I' wußt gern, welch's?

Frühauf. I' woar beim Advokaten!

Josef. Was kann an Advokat gegen 'n letzten Will'n.

Frühauf. Oh, sehr viel. Wann's 'leicht net g'jetzli' war!

Josef. Der Notar wird si' scho' achtgeb'n hab'n!

Frühauf. Dann —

Josef. Dann?

Frühauf. Dann müaff'n wir den zweit'n Erb'n veranlaff'n, daß er z'rucktritt.

Josef (bitter lachend). Wann er will!

Frühauf (t ef aufathmend, dann wild). Er muaß — er muaß um jed'n Preis!

Josef. Und wann's 'leicht a Stiftung is? Ihr wißt ja eh, was d' Leut von der Armenstiftung sag'n.

Frühauf. Dumm's G'red'. Frühauf und a Stiftung.

Josef. Stopft's den Leut'n 's Maul. Wißt's, was weiter sag'n — oh, i' möcht' mi' liaber net seh'n.

Frühauf (rasch). Was, was können's sag'n?

Josef (macht mit der Hand eine abwehrende Bewegung). A — i' will's liaber net wiaderhol'n.

Frühauf. Und was is 's?

Josef. Daß ihr z'erst d'rin a Versorgung find't!

Frühauf (erregt). Dö ung'wasch'nen Mäuler. Aber i' will ihnen scho' zeig'n.

Josef. Ihr wird's denen viel zeigen.

Frühauf. Du ew'ger Zweifler!

Josef. Und net nur das — 's ganze Dorf is voll —

Frühauf. Mit was is 's Dorf voll?

Josef. Daß ihr 'n alten Martin — mit eu'rer Drohung — den Todesstoß geb'n hab't.

Frühauf (rasch). Daß 's der liabe Herrgott net straft — i' 'n Martin — 'n Todesstoß —

Josef. No, so roh hätt's a net mit eahm sein müss'n!

Frühauf (rasch). Freili' i' will mi' an Diab'n schimpfen lass'n und dazua schweig'n. Dös kann si' g'fall'n lass'n wer's will. J' net!

Josef. No, laß' m'r das. Z' was denn streit'n. (Sieht durch's Fenster.) Gott waß, wia's ausgeht!

Frühauf (auf- und abschreitend). Wia's b'stimmt is, wird's sein. (Zum Fenster hinaussehend.) Dass aber d' Annerl no' net kommt?

Josef. Sie könnt' scho' da sein.

Frühauf. Du hätt'st a' mit ihr geh'n kenna!

Josef. Dös scho' — i' wollt' aber net. Dös woar wiader a G'red'!

Frühauf. Was liagt am G'red!

Josef. I' will vor's Thor schau'n, ob's scho' kommt.

Frühauf. Dass di' do' rührst! Bist mir a g'lung'ner Liabhaber.

Josef (entfernt sich schweigend).

8. Scene.

Frühauf (allein; sieht sich vorsichtig um, dann liest er die erhaltene Zustellung).

Frühauf. Zwa tausnd Guld'n! — Stürzt si' all's auf mi' wia's große Wasser von all'n Seiten. (Ermannt sich.) A — was der Raubitschek, dös loaßt sich verzögern — bevor's zur Lizitation kommt. Aber — (Sieht sich ängstlich um.) Die z'ruckg'halt'nen Steuergelder! Dö müass'n glei' da sein, spätestens am Letzten. Jed'n Augenblick d'erwart' i' vom Steuereinnehmer die Mahnung. Gott — Gott — wo soll i' 's hernehma! — Zeigt er's an, komm' i' in's Kriminal — (entsetzt sich) i' — in's Kriminal. (Wischt sich den Angstschweiß von der Stirne.) Wann nur das Madel scho' z'rück woar.

9. Scene.

Franz (tritt lachend ohne Flinten ein). Grüaß Gott, G'vatter!

Frühauf (ermannt sich). Grüaß Gott! (Verbirgt die Schrift.)

Franz (sich umsehend). Seid's ihr allein?

Frühauf. Ja — was willst?

Franz. G'vatter, i' hab' was für euch. (Geheimnisvoll sich umsehend.) J' hab' Schrott in der Flinten! —

Frühauf. A, laß' mi' in Ruah!

Franz (überrascht). Habt's mi' denn net verstand'n? J' hab' Schrott im Lauf!

Frühauf. Und i' sag', daß d' mir mit solch'n Sach'n an. Ruah geb'n sollst.

Franz. Aber geht's G'vatter, früher habt's net a' so g'red't. Wia viel schöne Anständ' hab'n wir z'samm mitg'macht? Der Teufel hol' eu're Vorstandswürd'! Seitdem ihr Vorstand seid, hob' i' koan, der mit mir wildern geht.

Frühauf (sich den Kopf haltend). J' hab jetzt and're Sorg'n.

Franz. Um so besser. Ihr kommt auf and're G'danken und vergeß't auf d' Sorg'n.

Frühauf (rasch). Als Vorstand kann i' do' net — laß' mi'!

Franz (lachend). Ihr fürcht euch do' net?

Frühauf. Lächerli' — i' und fürcht'n! J' thät gern wissn, was? Net amol 'n leibhaft'gen Teufel.

Franz. Versteh' — ihr wollt net weg'n der dummen Vorstandsg'schicht. (Geheimnisvoll.) Heut' is aber leicht. Der Förster is auf vier Täg fort.

Frühauf (zerstreut). Er fahrt ja auf a Hochzeit.

Franz. Ihr wißt's dös a'?

Frühauf. Er hat mir's ja selber g'sagt.

Franz. No also, jetzt's — 's ganze Dorf is voll damit. Der Förster is net z' Haus. Der Adjunkt hat a B'kanntschaft, der rührt si' heut' net vom Madel. Und d' Heger? Die san von der gestrig'n groß'n Jagd ganz hin. Die werd'n a' ausruh'n. A solche G'legenheit find' si' nur amol in paar Jahrln — wir werd'n ganz allani im Wald sein. —

Frühauf (ungeduldig). I' bitt' di', laß mi' aus!

Franz. Aber net nur das. Gestern hat si' der Wind 'draht. D' ganze Nacht hat's g'regnet, 's regn't no' und schon draht si' a' a wen'gel der Wind! Heut werd'n wir a schöne stille Nacht haben, nur von die Bäum' wird's tröpfeln. Und, wann a' das net wahr! D' Forstleut geh'n net gern in Wald, wann's drinn, wia's sag'n, zum zweit'n Mal reg'nt, wann's von die Bäum' tropft. Wir hab'n also a doppelte Sicherheit.

Frühauf. Ob's geh'n, oder net geh'n — was geht's mi' an.

Franz. Aber geht's G'vatter, wia schön könnten wir uns schiaß'n — und 's guate Brat'l.

Frühauf (sieht durchs Fenster). Geh' nur allani, wann's grad an Gusto hast.

Franz. Allani g'freut's mi' net. Was is das für a Freud so mutterseel allan' am Anstand! (Eindringlich.) Hört's G'vatter, i' sag' euch), wos is. Im ober'n Revier, bei der groß'n Eich'n — no dort, wo ihr euch immer d' Flint'n aufg'hoben hab't. Vor Sonnenaufgang geh'ts Wild immer aus'n Wald auf d' Weiden. Z'erst geht's über's Moos, hehehe, dann geht's auf unf're Felder, wo no' an'baut is — — hehehe, — i' ich's scho' a paar Nächt, wia's 'n Wild schmeckt. No was sagt's ihr dazu?

Frühauf. Daß d' allani geh'n sollst.

Franz. Aber immer allani. Seit ihr Vorstand seid — seid's rein wia ausg'wechselt. Ihr seid ja nimmer der von cahnder.

Frühauf (blickt plötzlich durchs Fenster, dann aufschreiend). Endli'! — endli'! kommt's!

Franz (auch hinsehend). Wer denn? — Aha d' Annerl!

Frühauf (ungeduldig). Was 's wohl für Neuigkeiten bringt?

Franz. Hehehe — i' sag's euch im Voraus. — Guate! Daß 's All's g'erbt hatt. Wem Andern hätt er's denn geb'n? Mir do' net?

Frühauf. Aber seine Drohung!

Franz. Tratscherei! Er hat ja eh' nur für's Mad'l g'lebt! Hm. Viel wird's sein — i' woaß der Ohm hat allani für paar Tausender Sparkassabücheln g'habt.

Frühauf (erregt). Ma' sagt's wenigstens!

Franz. Dös is a woahr. Und immer hat er's bei sich g'tragn. Bei'm letzt'n Will'n hat er's 'n Notar geb'n, er soll's zu G'richt leg'n. No und dort san's guat aufg'hoben. Hehehe — der Pepi wird si' helfen! — No, also was is mit'n Jag'n —

Frühauf (für sich). Wann er nur d' Wahrheit redet. (Laut.) Loaß mi' jetzt.

10. Scene.

Vorige. Anna (in Trauer). Josef.

Franz (setzt sich seitwärts und betrachtet Anna).

Frühauf (eilt ihr entgegen). Nun? — — —

Anna (bedeckt sich mit den Händen das Gesicht, wischt sich die Augen und überreicht ihm eine Schrift. Zögernd). Les't es selber — — —

Frühauf (sieht sie, bevor er die Schrift nimmt, prüfend an, und hält sich hiebei am Tische. Spricht abgerissen). 'S is also — do' woahr? —

Anna. Leider Gott! —

Frühauf (entfaltet das Papier, wischt sich den Schweiß von der Stirne. Er sieht aber nicht. Er fährt sich mit der Hand über die Augen, dann liest er für sich. Plötzlich zuckt er jäh' zusammen und blickt auf Franz). Was?? — — — der alte Schuft!!!

Anna. Laßt's eahm in Ruah'. (Wischt sich die Augen.) Er hat's guat mit mir g'maint.

Frühauf (schroff). Is das 'leicht an Vorwurf?

Josef (tritt vor sie hin, wie um sie zu schützen). D' Annerl hat recht. Mit ihr hat er's guat g'maint. (Sieht seinen Vater durchdringend an.)

Frühauf (senkt die Augen und athmet schwer, dann schreitet er keuchend über die Bühne. Plötzlich bleibt er vor

Franz stehen. Spricht abgerissen, mit vibrirender Stimme). Franzl! Du mußt uns helfen.

Franz. I' — und wia denn?

Frühauf. Und du wirst uns a' helf'n — dös waß i'. Du bist a guater Bursch. Schau — das arme Mad'l, ohn' di' is verlor'n.

Franz. No guat! I' woaß aber no' allweil' net, wo's 'naus' wollt's?

Frühauf (immer erregter). Du hast selbst Geld g'nua. Dein Guat is a' schuldenfrei — was brauchst no' Anders! —

Franz. Nix — das is woahr! Aber red's do' zum Teufel!

Frühauf (ängstlich). Schau Franzl. Der Martin hat uns nur schreck'n wolln, er hat g'wußt, daß — — — du's guat mach'n wirst, schau, da steht's (zeigt ihm die Schrift). Nimmt si' aber d' Annerl mein Pepi, fallt all ihr Geld und Guat dir zu.

Franz (freudig). Was? Mir? — —

Frühauf. Net wahr, du machst d' Annerl' net unglückli'. Schau, du brauch'st nur z'sagen, daß d' All'm entsagst — und All's is wiader in Ordnung —

Franz. Mir? Mir? (Als wenn er seinen Ohren nicht traute.) Zeigt's a mol (nimmt und liest). „Wenn aber die Anna sich mit Josef Frühauf verehelichen sollte, dem Sohne Josef des gegenwärtigen Vorstandes Frühauf, fällt all' das ihr von mir hinterlassene Hab und Gut dem Sohne meines jüngsten Bruders Franz Martin sammt allen Nutzgenüssen vom heutigen Tage angefangen zu" — Hahaha — das is ausgezeichnet!!!

Frühauf (sieht ihn besorgt an). Lies nur weiter Franzl.

Franz. „Dieses Erbfolgerecht muß im Grundbuche verzeichnet werden. Meine Sparkassabücher im Werthe von 6000 fl." (sieht sich verwundert um) — sechs tausend Gulden. Wo 's der Onkel wohl herg'nommen hat.

Frühauf (fiebernd). Sechs tausend Gulden — —

Franz (liest weiter). — „im Gesammtwerthe von 6000 fl. sind zu Händen des Gerichtes erlegt, wo sie mit der Bestimmung verbleiben, daß Anna die Zinsen zu erheben das

Recht hat. Wenn sich aber meine Mündel Anna mit Jemand anderen als mit Josef Frühauf vermählt —"

Frühauf ⎫
Josef   ⎭ (zucken zusammen.)

Franz. „— so ist sie am Tage der Hochzeit Herrin und alleinige Erbin von All dem von mir Hinterlassenen, ebenso wenn sie bis zu ihrem 40. Lebensjahre unverheirathet verbleibt. Franz Martin ernenne ich zum Vollstrecker und strengen Beaufsichtiger dieses meines letzten Willens." (Hört auf zu lesen.) I vergelt' dir's der Herrgott tausend Mal, Onkerl! Hahaha! Und wie schön cahm das der Notar z'samm'gestellt hat.

Josef (sieht ihn erwartungsvoll an).

Anna (ebenso).

Frühauf (der in höchster Erregung jede Bewegung Franz's beobachtete). No, also Franzl? Was wirst jetzt thun?

Franz. Was? — Das wißt's, der Wille Verstorb'ner is a heiliger — —

Alle (zucken unwillkürlich zusammen).

Frühauf (der nicht zu hören vermeint). Was???

Franz. Wißt's G'vatter! Jeder is sich selbst am nächsten. Pepi, jetzt is aus mit dir. Willst 'leicht wart'n bis d' Annerl vierzig is? Dummheiten! Mir san kane Kinder mehr. Waßt was, Annerl' — nimm mi' und 's is aus mit aller Komödie!

Anna (rasch). Niamals — nia!

Franz (verletzt). Net, a' so hitzi'. 'S könnt di' 'leicht mal g'reu'n

Frühauf (stoßweise mit heiserer Stimme). Das — glaubst — ja net — 'leicht im Ernst — Schau, wia dö zwa si' gern hab'n. Dö san g'rad' als wia g'schaffen für anand'. Und du, du hätt's 's G'wiss'n sie ausanand' z' bringa?

Franz. I? Meinetweg'n soll'n's si' nehma!

Frühauf (freudig und ängstlich zugleich). Du — verzichst also auf d' Erbschaft und auf dein Recht? —

Franz. Oho, G'vatter, dös hab' i' net g'sagt. Übrigens kann i' ja woart'n. — Entweder nimmt si' d' Annerl 'n Pepi — guat, dann hab' i' wenigstens 's Gut und 's Geld — oder sie nimmt an Andern, dann hat All's an End. Und wann sie an Andern neahmt, warum net mi'!? Z' was an Fremden, net woahr, Annerl?

Frühauf (mit wachsender Ängstlichkeit). Franzl erbarm' di' unser, du hast mehr als g'nua, bist allani — — —

Franz. Das is 's eb'n. D' Anner'l woaß, daß i' s' gern hab'. (Ärgerlich.) Und wann der Pepi net woar —

Frühauf. Wer kann für solche Sach'n. — Franzl i' bitt' di', um Gott's Will'n — mei' Lebtag, hab i' no' kan' a' so bet'n. Wannst du di' net ihrer erbarmen willst (nach kurzem Kampfe), dann erbarm' di' meiner —

Anna (bittend). Franzl? —

Josef (finster). So loaßt er si' bitt'n!

Frühauf. Schau, brauchst nur z' sag'n, daß auf d' Erbschaft verzichst, und mit dem an Wort machst drei Leute glückli' —

Franz (betroffen). Wer sagt euch, daß das so geht?

Frühauf (hoffnungsfreudig). I' hab' — den Advokat'n g'fragt und der hat g'sagt —

Franz (plötzlich auflachend). Also ihr wart's scho' beim Advokat'n. Hehehe. (Entschieden.) I' verzicht' auf — nix.

Frühauf (aufschreiend). Na!!!

Anna. Weh' uns.

Josef (tritt zu Anna, mit gedämpfter Stimme). Das kann i' net auf's G'wiss'n nehma, i' gib' dir dein Wort z'rück.

Anna (sieht ihn betroffen an). Wia das? —

Josef. Wia könnt' i' verlang'n, daß d' mir z' Liab a Vermög'n weg'schmeißt, a solch's Guat und 's viele Geld?

Anna. Und du glaubst, daß i' dös net thuan könnt'?

Josef. D' wärst gegen di'!

Anna (plötzlich). Und möchst mi' woll'n, wann i' so gar nix hätt'?

Josef (freudig). I' neahmt di', so wia's da bist, und wan'st nix Andres hätt'st, als das Kleid'l und dö Schürz'n da. Aber soll i' di' in d' Noth ziag'n, wost' All's hab'n könntst.

Anna. Was liagt am Geld — i' will nur di' — nur di'!!! (Verhüllt ihr Gesicht.)

Josef. Anna!!! Is das woahr? Manst dös im Ernst?

Anna (ehrlich). Im Ernst!

Josef (begeistert). Laß' eahm's Geld! Er soll's g'niaß'n. I' will di' scho' ernähr'n.

Anna (zu Franz). Laß' dir All's! (Zu Josef eilend.) Pepi!!! — — —

Frühauf (der erregt zugehört tritt zwischen beide; wild). Zurück!!

Anna (tritt erschreckt zurück).

Frühauf (wild). Mei' Sohn muaß ane mit Geld kriag'n.

Josef. Oho! Euer Sohn wird si' das Madel nehma, die er will. I' hab' die Befehlerei scho' satt.

Frühauf. Du muaßt unser Familiengut erhalt'n.

Josef. Ihr habt's mir's net erhalten, brauch i' 's a net für euch z'thun. Ihr habt's mi' aus eahm rausg'jagt! I' geh' und zwar dorthin, wo i' hin will und mit wem i' will.

Frühauf. Du gehst net!

Josef. Und wer kennt mi' d'ran hindern?

Frühauf. I'!!

Josef. I' möcht' gern wiss'n, wia?

Frühauf. Du heirath'st d' Grub'rin!

Josef (aufschreiend). D' Gruberin? Anna, i' hab nur zwa' Händ' und an guat'n Will'n. Du hast jetzt grad' a so viel, willst mi', a' so wia i' bin? D'mit wir uns nia was vorz'werf'n hab'n.

Anna (läuft zu ihm). Ja, Pepi!

Josef (nimmt sie bei der Hand, und will mit ihr fort). Guat, morgen zeitli' in der Früh gehst in d' Stadt auf's G'richt und sag'st dort, daß die Erbschaft net willst!

Frühauf (schreiend). Das wirst net thuan.

Josef. Das wird's thuan. (Nimmt sie bei der Hand und will mit ihr fort.) Mit Gott, Voater!

Frühauf (in Todesängsten). Pepi um Gott's Will'n du darfst net weggeh'n.

Josef. Anna, komm! (Schreitet zur Thür.)

Frühauf (stürzt in höchster Erregung auf Franz, der aufmerksam zugehört, drohend mit geballten Fäusten). Gibst nach oder net?

Josef }
Anna } (bleiben erschreckt stehen).

Franz (stellt sich ihm gegenüber). Na, i' geb' net nach. (Sieht ihm fest in die Augen.) So kommt's net auf mi'! (Beide sehen sich drohend an, plötzlich sinkt Frühauf in sich zusammen.)

Frühauf (indem er sich mit aller Kraft am Tisch festhält). Oh, mein Gott — oh, mein Gott!

11. Scene.

Vorige. Ein Steueramtsbote.

Bote. Guaten Tag allerseits. A schöne Empfehlung vom Herrn Einnehmer, Herr Vorstand (reicht ihm ein Papier). B'hüat' Gott! (Ab.)

Frühauf (der bei den Worten „der Herr Einnehmer" zusammenzuckte, nimmt die Schrift und öffnet sie mit zitternden Händen. Sieht hinein und liest stoßweise) — wenn Sie die — zurückgehaltenen — Steuergelder — nicht bis Samstag hieramts einbringen — bin ich genöthigt, Sie der Bezirkshauptmannschaft anzuzeigen. (Zerdrückt das Papier und steckt es in die Tasche. Er zwingt sich seiner Aufregung Herr zu werden.) — Hm, — Hm, — ff — (zwingt sich zu lächeln). Guate Nachrichten — Hehehe — i' hab' mi' ohne Grund erregt.

Josef }
Anna } (verwundert). Was is denn los?

Franz (sieht ihn überrascht an).

Frühauf. Was hab' i' da für Dummheit'n g'redt! Der Mensch soll nia im Ärger red'n. Pepi — Annerl — ärgert euch net, und geht net fort. Wia's g'west is, wird's wiader sein.

Josef } Was sagt ihr?
Anna

Frühauf (eifrig). Die Dummheit mit'n Testament — hat mi' halt' aufg'regt; Franzl (reicht ihm die Hand) wirst di' do' net über mi' ärgern?

Franz. A warum net goar. I' waß, daß der Mensch in Ärger a Manch's sagt.

Frühauf. I' hab' an vollen Kopf — i' muaß auf and're G'dank'n kommen.

Franz (plötzlich leise). Wollt's auf and're G'dank'n kommen — kommt's mit auf b' Jagd — da vergißt ma' auf All's. —

Frühauf (zuckt zusammen und sieht Franz fassungslos an).

Franz. Nun, was sagt's ihr dazua?

Frühauf (blickt ihn starr an und dann schwer athmend). Du denkst no' an's Wildern?

Franz. Hehehe! — Dazua kriagt's mi' immer. Und jetzt goar mit a solch'ner Erbschaft in der Tasch'n.

Frühauf (wie wenn plötzlich ein Gedanke in ihm aufstiege) Also wildern willst?

Franz. Geht's also mit — Sagt's amol scho' zu!

Frühauf (nach kurzem harten Kampfe, mit fürchterlich drohender Geberde und heiserem Organ, aber entschieden). Die Stellung als Vorstand bringt mi' eh' um a jede Freud'. Aber i' hab's scho' gnua. Also heut' Nacht — vor Sonnenaufgang — im ober'n Revier bei der groß'n Eich'n.

Franz (freudig, aber ebenso geheim). No, das is a Wort, G'vatter. I' bin zur Zeit am Ort.

Frühauf (ängstlich). Aber z' Neahmd a Sterbenswört'l.

Franz. I' will still sein wia's Grab. (Reicht ihm die Hand, die Frühauf mechanisch drückt.) B'hüat Gott! (Dann zu Anna.) Überleg' dir's guat, Annerl! B'hüat Gott, Pepi! (Ab.)

Josef
Anna } (wenden sich ab von ihm).

Frühauf (für sich, schwer athmend). 'S gibt kan an=
der'n Ausweg! Ja — du wirst schweig'n — und du mußt
schweig'n — wia's Grab. (Sinkt in einen Sessel und sieht mit
verglasten Augen vor sich hin.

Während dem fällt rasch der Vorhang.)

Verwandlung.

Waldesdickicht. An der linken Seite hoher Wald, in der Mitte eine
große Eiche. Gegen die Mitte zieht sich, nach links aufsteigend, ein
Fußpfad in den hohen Wald. Es ist dunkel, vor Sonnenaufgang,
jedoch nicht zu finster.

1. Scene.

Schwarz. Habt's ihr's guat 'rum erzählt, daß i'
auf d' Hochzeit g'fahr'n bin?

1. Heger. I' bitt', Herr Förster, i' hab's in alle
Wirthshäuser 'trag'n — das is besser — als wann ma's in
alle Zeitungen gebet!

Schwarz. Aber a' theu'rer!

1. Heger. I' bitt', Herr Förster, no, 's is halt man=
cher Liter aufgang'n!

Schwarz. Gott woaß, ob er uns auf'n Leim geht.

2. Heger. Entschuldig'n, Herr Förster, i' glaub'
b'stimmt — daß er heut' scho' kommt.

Schwarz. Glaubt's? —

1. Heger. I' b'obacht' eahm scho' a paar Täg. Je=
den Morg'n in der Fruh spürt er im Revier 'rum. Häng'n
möcht' i', wann er net kommt. Weil gestern d' große Jagd
war und der Herr Förster verreist is, wird er denk'n, daß
wir uns a' frei geb'n und a wen'gerl ausschnaufen.

2. Heger. Und dann nach'n Reg'n, da geh'n d' Wild=
rer am liabsten.

Schwarz. Dös hab' i' mir a' denkt! (Reibt sich die
Hände.) 'S is frisch heut. No, lang kann's net mehr dauern.

*

Wann er net vor Sonnenaufgang da is, hab' i' umasonst g'wart. Seid's stad, i' hör' was — — — — —
Also Achtung! Anderswo als hier, oder oben bei der Fasanerie kann er net wart'n. Wia der Schuß erschallt, do eilt's ihr glei' hin, aber vorsichtig, damit ihr eahm net verscheucht.

1. Heger.\
2. Heger.} Ja, Herr Förster!

Schwarz. Und kane G'schichten mit eahm. Wia er si' widersetzt, schiaßt's eahm nieder wia an räud'gen Hund.

1. Heger. Was ist denn a Wild'rer and'res, Herr Förster! (Entfernen sich vorsichtig herumspähend.)

2. Scene.

Schwarz (allein, stellt sich seitwärts an einen Stamm). So, hier will i' wart'n. 'S beginnt scho' zu dämmern. (Sieht gegen Himmel. Im Hintergrunde wird es eine Nuance lichter, die Vorderbühne bleibt im Halbdunkel.) Entweder is er bald da, oder kommt heut' net mehr. Wann ma' wenigstens rauch'n durft'. Aber der Haderlump thät's auf hundert Schritt wittern. (Zuckt zusammen.) Achtung, Jemand kömmt. (Springt zur Seite, reißt das Gewehr vom Arme, spannt den Hahn und steht schußbereit im Anschlag.)

3. Scene.

Schwarz, Josef (und) Anna kommen von der rechten Seite vorsichtig, sich an den Händen haltend. Josef hat einen Stock in der Hand, mit dem er vor sich tappt.

Anna. I' bin froh, daß d' mitgang'n bist!

Josef. Sollt' i' di' 'leicht durch'n Wald allani geh'n lass'n? Gib Acht, daß d' net in a Baum stößt. Wir hätt'n do' über d' Straß'n geh'n soll'n.

Anna. Da geh'n wir aber um a halbe Stund' kürzer.

Josef. Daß g'rad der Schimmel lahm word'n is.

Anna. Dös is aber g'scheidt!

Josef. Manst dös wirkli'? (Drückt sie an sich.)

Anna. Du waßt es ja eh'. Geh', geh'!

Josef (umarmt sie hastig). I' waß, Annerl, i' waß. Und deßweg'n sag' den Herr'n vom G'richt, daß d' um d' Erbschaft net stehst, sie sollen's nur 'n Franzl geb'n. Hehehe! Die werd'n Aug'n mach'n.

Anna. I' will's eahna scho' gründli' sag'n!

Josef. Z' Haus kann i' nimmer bleiben. Aber wia i' an ornblich'n Deanst find', komm' i' di' hol'n.

Anna. Schau nur, schau, daß 's bald is.

Josef. G'wiß, Schatzerl! 'S müaßt mit'n Teufel zugeh'n, wann i' net bald was find'.

Schwarz (der sich näher geschlichen, bemüht sich beide zu erkennen, dann läßt er den Hahn zuschnappen und wirft das Gewehr auf die Schulter; für sich). Auch a Wild'rer — aber aner, der auf an and'res, edl's Wild geht.

Josef (hat das Geräusch des Hahnes vernommen, stehen bleibend). Bleib'! 'S is wer da! (Stellt sich vor Anna.) Wer is da?

Schwarz (vortretend). Was macht's ihr da?

Josef. Wir geng'n in d' Stadt. Nach der Stimm' glaubet i', daß ihr der Herr Förster seid?

Schwarz (näher tretend). Habt's derrath'n!

Josef. I' hob' glaubt, daß der Herr Förster auf der Hochzeit is!

Schwarz (boshaft). Vielleicht geh' i' auf der Hochzeit, wann ihr mi' einladt's —

Josef. No, i' woaß net!

Schwarz (lachend). Dös glaub' i'; so lange d' Mensch net vom Altar geht, is net sicher. — Freunderl z' weg'n 'n Geld hat si' scho' manche B'kannschaft zerschlag'n

Josef. Aber die uns're wird si' weg'n Geld net zerschlag'n. Habt's mi' verstand'n Herr Förster?

Schwarz (lacht). No, wir werd'n scho' seh'n, werden scho' seh'n.

Josef. Dös wird's a' seh'n!

Schwarz. Aber redt's net, Josef — bis dazua kommt. Sie müaßt ja a Närrin sein, wann's das viele Geld zum Fen=

ster 'nausschmeißet und 'n Pepi zu Liab in Noth und Elend steiget. Als wann nur der anz'ge Pepi auf der Welt woar.

Anna. 'S is a' nur an Pepi für mi' auf der Welt.

Josef. A, ihr wißt's scho' d'von?

Schwarz. G'wiß. 'S red't ja der ganze Bezirk von nix And'rem.

Anna (rasch). Und was genget's euch an, wann i' 's that?

Schwarz. Nix — Hehehe! — Aber ihr hätt's ka Verstand. Heut' glaubt ihr ohne 'n Pepi net leb'n zu könn'n, aber wann für d' hungrigen Kinder ka Stück'l Brod da sein wird — dann wird's euch g'reu'n. Nachher is 's freili' z' spät!

Anna. Komm, Pepi.

Schwarz. Eilt net a' so. Und was wann euere Kinder amol als Erwachs'ne um den schönen und großen Hof 'rumgeh'n werd'n, der cahnen g'hören kunnt', und sagen werd'n, du hast uns b'stohl'n, dir und dein Liabhaber z' Liab hast uns zu Bettlern g'macht.

Anna. Komm, Pepi, komm!

Schwarz. Neahmt's 'n Verstand in d' Hand' In vierzehn Täg könnt's d' Frau vom herrschaftlichen Förster sein und ihr kommt's net um's Guat und Geld. 'S is woahr, der Pepi is a guater Bursch, aber von der Güt' is no' kaner satt word'n.

Josef (bitter). Hörst, Annerl! Überleg' dir's guat. I' wir jetzt bloß an Arbeiter oder goar nur an Taglöhner und da — blüaht dir All's —

Anna. I' hab's mir scho' überlegt, komm! 'S Geld is do' net All's!

Schwarz. Net All's, aber — viel!

Anna (zieht Josef nach links). I' bitt' di', komm scho'! I' dank euch, Herr Förster, für euer'n guat'n Will'n. B'hüat Gott!

Josef. B'hüat' Gott! (Nimmt sie bei der Hand. Beide links ab.)

4. Scene.

Schwarz (allein).

An glücklich'n Weg. That's nur guat überleg'n! Hehehe. Wann's nur dazua kommt. Ja, ja, wann der Auerhahn balzt, vergißt er auf d' ganze Welt. Und so a resch's und sauber's Mad'l — 's wär' Schad' um sie. Und das schöne Guat und 's viele Geld. A was — jetzt is ka Zeit auf solche Sachen. (Horcht und huscht zur linken Seite.) Nirgends a lebende Seel'. Sollt mi' der Lump durchg'schaut hab'n. I' muaß 'naufschau'n zum zweiten Übergang. (Geht vorsichtig mit dem Gewehr in Anschlag die Mitte hinauf. Ab.)

5. Scene.

Es wird eine Nuance heller, aber wieder nur oben; der Wald bleibt halbdunkel. Eine Weile bleibt die Bühne leer, plötzlich huscht rasch Franz auf die Scene, einige Sekunden später

Frühauf.

Franz (schreitet, das Gewehr auf der Schulter forschend hin und her). Nix rührt si'. (In die Koulisse rufend.) Kommt's G'vatter — hehehe! Im Wald is so still wia in der Kirch'n. I' hab's ja eh' g'sagt. —

Frühauf (sieht sich vorsichtig um und hat eine Flinte über dem linken Arm, stützt sich auf einen Stock).

Franz. Guat hob' i's ausg'rech'nt. Seht's, G'vatter, a so a G'legenheit kommt net in viel Jahr'n. 'S wird scho' lichter, glei' werd'n d' Reh' aus 'n Dickicht 'rauskommen. Ihr habt's da a guat's Platz'l. Dös kennt's a' besser bei Nacht als beim Tag. I' geh' auf d' andre Seiten, damit uns kans entwischt. Wia's was jetzt's, schiaßt's los.

Frühauf (schwer keuchend). Guat, guat — —

Franz. Habt's guat g'lad'n?

Frühauf (mit Anstrengung). G'wiß —

Franz (erschrickt, mit gedämpfter Stimme). Vorsicht! Was is dös?? (Drückt sich an Frühauf). 'S war nix —— Aber zum Teufel, G'vatter, ihr zittert ja wia's Laub!
Frühauf (zuckt zusammen). Dummheiten!!
Franz. No deßweg'n: wen sollt'n wir a fürchten. Wir san ja zwa und hab'n guate Büchsen. Aber jetzt is d' höchste Zeit! I' geh' auf mein Platz. Also Achtung. (Geht langsam vorsichtig nach links.)
Frühauf. Jawohl!! Achtung! (Reißt das Gewehr vom Arm und zielt blitzschnell nach Franz. Plötzlich läßt er dasselbe sinken). Mein Gott', mein Gott —— (Plötzlich legt er nochmals an und zielt in der Richtung, in welcher Franz sich entfernte und schießt. Nach dem Schusse schreitet er einen Schritt vor, horcht mit vorgebogenem Oberkörper.) Er is g'fall'n — still wia's Grab — i' hab' guat — guat 'troff'n. (Verhüllt sein Antlitz.) Guat — g'troff'n. (Plötzlich hastig.) Jetzt fort von da, Neamb darf mi' da find'n. (Ängstlich sich umsehend stürzt er davon.)

6. Scene.

Eine Weile ist die Bühne leer, dann räuspert sich Franz, der vortritt, später Schwarz.

Franz (hat das Gewehr in der Hand, spricht abgerissen, seinen Zorn unterdrückend). — G'vatter — wo seid's — (nach einer Weile). Er is fort — davong'laufen. — Kaum daß i' fort von cahm bin — hat er g'schoff'n. Wann i' net rasch g'nua in's Dickicht kommen war, hät' i' 'n ganz'n Schuß im Rücken. (Auffahrend.) Am End' wollt' er mi' gar erschiaß'n. (Mit steigernder Aufregung.) Ja — ja — plötzlich is er mit mir gang'n — dann hat er am ganzen Körper zittert'. (Schreiend.) Ja, ja, er wollt' mi' g'waltsam b'seit'gen, — der Schuft. (Spannt den Hahn und sieht wild um sich.) Aber jetzt entgehst mir net. — Wo bist du, Schuft! — i' find' di' — i' muaß di' find'n — (Schreitet über die Bühne. Plötzlich erscheint Schwarz oben.)

7. Scene.

Franz. Schwarz.

Schwarz (für sich). Da ist der Schuß g'fall'n. (Gewehr schußbereit.)

Franz (der das Geräusch gehört). Hab' i' di' du Schuft!

Schwarz. Steh', Kerl — her mit der Flint'n! —

Franz (erschrickt). Teufel, das is' der Förster. (Zielt auf ihn; mit verstellter Stimme.) Zurück oder d' bist ein Kind des Tod's.

Schwarz (zielend). Glaubst mi' z'täuschen, Kerl? I' hab' di' do'. Franz Martin! Gib d' Flinten her!

Franz (wütend, in seiner natürlichen Stimme). Hast mi' erkennt? (Schießt nach ihm.)

Schwarz. Wart' Schuft! (Schießt gleichfalls sofort.)

Franz (getroffen läßt die Flinte fallen, aufschreiend). Mein Gott! Mein Gott! (Greift mit der Rechten nach seiner Brust, wankt und stürzt plötzlich wie vom Blitze getroffen zu Boden).

Schwarz (greift sich an den linken Arm). Da hat's 'zwickt. Und um die Ohren g'pfiffen. Hm — groß wird's 'leicht net sein. (Tritt vorsichtig zu Franz, schußbereit sich zu ihm neigend und Franz, der auf dem Gesichte liegt, umwendend.) Endli', du Lump — du wirst nimmer wildern. (Greift sich wieder an den Arm.) Hm, wia's prickelt — 's Bluat brennt ordentli' in alle Fingerspitz'n. (Wischt sich den Arm mit einem Tuche.)

8. Scene.

Vorige, beide Heger.

1. Heger. Hier war's.

2. Heger. Herr Förster! Herr Förster!

Schwarz. Ja, i' bin's. Da habt's 'n.

1. Heger (zu Franz hinkniend). Der ganze Schuß is in der Brust — stumm für immer. (Läßt den Hahn seines Gewehres nieder und wirft dasselbe über die Achsel.)

2. Heger (dasselbe thuend). Du Kerl! Endli' wird' a' Ruah' sein!

Schwarz. I' hab' cahm nach'n Schuß überrascht mit 'n G'wehr in der Hand, und der Haderlump hat nach mir g'schoss'n. I' muaßt' losdruck'n, sonst hätt' er mi' derschoss'n. Er hat an Zwaläufer und hat sie 'grad g'richt loszbrenna.

1. Heger. A was, mit solch' auer Bande.

Schwarz. I' hab' aber im Arm a Paar Schrott.

1. Heger. So —?

Schwarz. Es is nix b'sonder's. D' Wund a biss'l auswasch'n. Bind's mir a Tuch um, aber fest zuziag'n' d'mit's net blut'.

2. Heger. Der Lump hat euch g'höri' troff'n, Herr Förster!

Schwarz. 'S is nix.

1. Heger. Und was jetzt, Herr Förster?

Schwarz. Laßt's cahm liag'n. I' was die Ziehrerei mit'n G'richt. Neamd darf erfahr'n, wia's war. Hüat's euch was z'red'n. D' Flinten laß' m'r bei cahm. Man soll glauben, was ma' will. (Legt sie so, als wenn er sich in die Brust geschossen hätte. Dann wieder an seinen Arm greifend.) Das brennt.

2. Heger. Wir wiss'n scho', Herr Förster, 's is scho' gut

1. Heger. Der hat uns viel Nächt' kost', jetzt werd'n wir Ruh' hab'n.

Schwarz. Ihr bleibt's in der Näh', d'mit neamd 's G'wehr stiehlt. Aber zeigt euch net. Und wir zwa geh'n.

2. Heger. Stützt euch auf mi', Herr Förster (Beide ab.)

1. Heger (verschwindet ins Dickicht).

9. Scene.

Josef (nach einer Weile von links).

Froh bin i', daß i' d' Annerl durch'n Wald g'führt hab'. Die Arme hätt' a Angst ausg'stand'n. Da san' aber Schüß' g'fall'n. Wer wohl g'wildert hab'n mag. Er soll si' aber in Acht nehma! Heut' entgeht er dem Förster net. (Langsam vorschreitend mit dem Stocke tastend.) Im Wald' is noch finster. (Plötzlich stößt er mit dem Stocke auf Franz.) Halt — was is denn dös?!! An' Ast is 's net'. (Bückt sich und tappt; plötzlich stößt er einen Schrei aus und springt entsetzt zurück.) Beim allmächtig'n Gott — das is ja a' Mensch!!! (Nähert sich ihm wieder und bewegt ihn vorsichtig.) Halloh — wer is das? Was macht's da? (Horcht, bestürzt.) Er athmet ja gar net. (Sucht Zündhölzchen in der Tasche und zündet eines an.) Jesus Maria — das is der Franz!! (Athmet tief und kann eine Weile nicht sprechen, dann beugt er sich zu ihm.) Franzl — hörst? (Hebt seinen Kopf.) Er rührt si' net — und d' ganze Brust zerschlag'n. (Wirft das Zündhölzchen weg, erhebt sich taumelnd und hält sich am Baume fest.) Um Gott's Will'n! Todt! D'erschlag'n!

10. Scene.

Josef. Schneidauf.

Schneidauf (betrunken, torkelt von der rechten Seite und brummt lallend). Der Teuxl (Schnackerl) soll d' Äst hol'n! An Ast und ra Wurz'l soll'n unter der Erd wachs'n — No also (Schnackerl) z'was kriacht so a Wurz'l 'raus — (schreiend) drinnet bleib'n soll's — Lalala trara — d' Zenzi geht mir net aus'n Kopf — Vierhundert Guld'n (Schnackerl) a Mordsmad'l das. (Schnackerl.) Na — da kennt i' als Alter billi' zu an' Häus'l kommen; für vier Hunderter kriagt ma' scho' a' schön's. (Stolpert, Schnackerl.) Scho' wiader aner, der Teux'l.

Josef (erschrickt). Wer is?

Schneidauf (bleibt stehen, kann aber nicht gerade stehen). Wer is — (Schnackerl) no wer is — i' bins.

Josef. Seid ihr's, Schneidauf?

Schneidauf. I' — nu', freili'! —

Josef. Um Gott's Will'n bleibt's, sonst stolpert's über a Leich'! —

Schneidauf. Waaas? Über was? — mir i' stolpern?
Josef. Über a Leich' —
Schneidauf (zuckt zusammen). Leich'? A Leich' — dös ist so was, als wia a todter Mensch? —
Josef (zündet ein Zündhölzchen an und leuchtet auf Franz).
Schneidauf. Oh, oh, oh! Arm Gott's — dös is ja der Franzl! Und wia's Bluat von eahm obergrinnt. — Den muaß rein aner d'erschlag'n hab'n. Aber wer?
Josef (rasch). I' hab' d' Annerl durch'n Wald g'führt, und wia i' z'ruck gang'n bin, war i' bald über eahm g'stürzt.
Schneidauf. Der Martin Franzl — erschlag'n, ermord't!!!
Josef. Schneidauf! Kriagt's an Guld'n. Lauft's schnell der Annerl nach — sie geht grad' in d' Stadt, sie soll glei' umkehr'n. — I' geh's ins Dorf meld'n.
Schneidauf. Um an — Guld'n — warum net. I' lauf scho' — wer 's nur — ?
Josef. Aber tummelts euch! (Läuft rechts ab.)
Schneidauf (nach links gehend). Dös is' mir aber wunderli', daß g'rad der Pepi daher kommt. (Bleibt plötzlich stehen und schlägt sich an die Stirn.) Himmel, Sakra nochmal, daß er eahm's than hat!! — (Sieht betroffen vor sich hin.) Ja! Ja! An And'rer als der Josef kann't's goar net sein! — — —

(Der Vorhang fällt rasch.)

Dritter Act.

Bauernstube bei Frühauf wie im zweiten Acte.

1. Scene.

Frühauf (tritt abgehetzt rasch ein, stützt sich auf's Gewehr wie auf einen Stock, schließt erregt die Thür hinter sich zu, legt sich mit dem ganzen Körper an dieselbe und horcht. Nach einer Weile). Neahmd! Neahmd hat mi' g'hört oder g'seg'n. (Schreitet langsam nach vorn sich auf's Gewehr stützend und sieht wie geistesabwesend vor sich hin.) Neahmd hat mi' g'seg'n — neahmd, neahmd! Aber die zwa Schüss' — Wer hat die zwa Schüss' abgeb'n? (Wie wenn ihm ein Gedanke käme.) Aha — das war'n sicher d' Heger. Sie hab'n mei' Schuß g'hört und hab'n si' an Zeich'n geb'n. (Betroffen.) Ja — warum hab'n's dös net mit'n Horn than? (Tief athmend.) Hm — mein Gott — 's is mir All's wie a Traum! (Sieht um sich und preßt die linke Hand an die Schläfe.) Bin i' wirkli' mit'n Franz in Wald gang'n? (Wie wenn er sich errinerte.) Is er auf'n Fußweg gang'n — hab' i' nach eahm g'schoss'n? (Wirft das Gewehr weg.) Na — na. (Hebt es wieder auf.) 'S is ja vom Schuß no' ganz g'schwärzt! Dös muaß g'reinigt werd'n. — Rasch — an Tuch (Sucht eifrig ein Tuch in den Taschen, ohne es finden zu können.) Safra nein, wo is denn mei' Tuch? — A was. (Nimmt den Zipfel des Rockes und putzt eifrig, dann sich rasch umsehend.) Aber jetzt wohin damit? Aha!!! (Versteckt das Gewehr unter die Pölster des Bettes.) So —— —— da bleibst, damit i' di' nimmer vor Aug'n hab'! (Geht langsam nach vorn bei jedem Schritte sich an den Möbeln festhaltend. Plötzlich bleibt er bei dem Tische stehen und sinkt gebrochen in einen Stuhl.) J' — i' hab' an Menschen — erschlag'n — mein Gott — mein Gott, i' hab' an Mensch'n erschlag'n —— (Bedeckt mit den Händen sein Gesicht; nach einer Weile.) Aber — i' hab' ja in's Di= ckicht g'schoss'n — vielleicht hab' i' g'fehlt — (Mit angsterfüll= ter Freude.) Barmherz'ger Gott — Vielleicht hab' i' doch g'fehlt?!! — (Schlägt sich an den Kopf.) Oh, oh, warum hab' i' net g'wart' — warum hab' i' net g'wart'. Vielleicht bin i' do' kan Mörder!!! — Vielleicht do' net — 'leicht hab' i' eahm goar net troff'n, und er lebt, er lebt wia'r i' leb' — (Erhebt sich langsam, dann will er zur Thüre eilen, plötzlich bleibt er stehen.) Aber — wenn i' eahm do' g'troffen hab', wann er do' todt is — und wann's mi' bei eahm find'n that'n — dö zwa Schüss' — na — na —

2. Scene.

Frühauf. Crescenz.

Crescenz (zerrauft, unfrisirt in einem leichten Unterrock, mit einer Jacke ohne Ärmel, so daß die Hemdärmel sichtbar sind und in Pantoffeln). An schön guat'n Moring, Vorstand!

Frühauf (erschrickt, als er Crescenz erblickt. Bedeckt mit dem Körper das Bett, wo das Gewehr liegt. Keuchend). Wer — is! — —

Crescenz. Aber, aber, was erschreckt's denn a' so? I' bin's ja!

Frühauf (errinnert sich, schroff). Ah — du bist's? Was willst?

Crescenz. Aber — aber, wos i' will? Aufbett'n will i' — (Geht zum Bett und bleibt plötzlich stehen.) Aber — aber —

Frühauf (der einen Moment von ihr weggesehen). Was — für aber?

Crescenz. Aber — aufbett'n will i' — und da hast's — 's is scho' aufbett'!

Frühauf (ungeduldig). Also geh' wiader!

Crescenz. Aber Vorstand, ihr habt's do' net selber aufbett'?

Frühauf. Was — wär' das so wunderlich's? —

Crescenz. Das habt's ihr aufbett'? Hihihi! — Aber geht's. — Dös is mein Aufg'bett's.

Frühauf. Kannst — 'leicht du nur allani bett'n?

Crescenz Aber i' thät do' liaber sag'n — daß ihr heut' net z' Haus g'schlaf'n habt's —

Frühauf (ärgerlich schreiend). Und wenn — Was geht's di' an? (Stampft mit dem Fuße.)

Crescenz. Aber i' hab' do' nix g'sagt! (Ausspuckend.) Pfui, bin i' d'erschrock'n. Ihr seid's heut' mit'n link'n Fuß aus'n Bett. Freili' geht's mi' nix an, wo ihr schlaf'. — Bin i' aber d'erschrock'n.

Frühauf. Schau, daß d' weiter kommst!!!

Crescenz (zögernd). Aber i' geh' ja scho'. (Im Abgeben für sich.) Was hat er denn heut'? So woar er no' nia wia heut'. (Will abgehen — in diesem Momente stürmt Josef in's Zimmer.)

3. Scene.

Vorige. — Josef.

Josef (ist athemlos in die Mitte des Zimmers gestürmt).
Frühauf (erschrickt, als er ihn erblickt).
Josef (athemlos). Voater! Voater!
Frühauf (zögernd). Was — is g'scheg'n? —
Crescenz. Pfui! Bin i' aber scho' wiader d'erschrock'n!
Josef. Der — Martin — Franz — liegt im ober'n Revier — erschoss'n —
Frühauf (horcht, bei den Worten „Franz Martin" zuckt er zusammen, dann schreit er in fürchterlicher Erregung). Erschoss'n!!! (Eine Weile athmet er schwer, dann sinkt er in einen Stuhl; zerschmettert). Also do'!!
Crescenz (die vor Schreck nicht reden konnte, sammelt sich). Was? — Der Franzl erschoss'n? — Aber um Gott's Will'n — was is denn g'scheh'n?
Josef. Ja — erschoss'n. I' hab' d' Annerl durch'n Wald g'führt, und wie i' z'ruck komm, bin i' auf sei' Leich' g'stoß'n. —
Frühauf (sieht schwer athmend auf Josef). Und — is er wirkli' — todt?
Josef. Todt — todt — — —
Crescenz (für sich). A da muaß i' mir eahm anschau'n. (Geht ab.)

4. Scene.

Josef. — Frühauf.

Josef. A gräßlich' Angst b'schleicht mi'. I' bin d'von g'stürmt. Aber jetzt — wann i' nachdenk'n thua — bin i' voller Angst —

Frühauf (schaudernd). Angst — warum Angst? —

Josef. Warum?! Schneidauf hat mi' bei der Leich' troff'n. Er wird's weiter sag'n — und d' Leut san schlecht. Sie könnt'n sag'n, daß wir 'n erschoss'n hab'n.

Frühauf (plötzlich auffahrend). Wir?! Und warum g'rad wir??

Josef. A Jeder woaß ja, daß, wann er z'rucktret'n woar', d' Annerl All's geerbt hätt'. Er hat aber net woll'n.

Frühauf. Wer könnt's b'haupten, daß wir eahm erschlag'n hab'n?

Josef bitter). Wer? Fragt's liaber, wer net? 'S waß a Jeder, wia tief wir drinnet san. Und 's Erb' vom Annerl war uns're letzte Hoffnung.

Frühauf Der Teufel hol' den Kerl — den Schneid=auf — daß er g'rad dazua hat komm'n müss'n. I' muß mit eahm red'n.

Josef. Dös soll Gott verhüat'n. Dös möcht aus=seh'n, als wann wir a schlecht's G'wiss'n hätt'n.

Frühauf (verwirrt). 'S is woahr — ja — ja! — (Gibt sich leutseliger) Haha! I' a schlecht's G'wiss'n. (Rasch.) Wer hat mi' dort g'seh'n? —

Josef (erbebt und sieht seinen Vater zweifelnd an).

Frühauf (der den Blick nicht ertragen kann, mit An=strengung). Wer kann's b'weis'n. Neahmd! Neahmd hat mi' dort g'seh'n.

Josef (sieht ihn zitternd an). Voater, was is euch?

Frühauf (verwirrt). Mir — mir is ja nix. (Er wird immer verwirrter und ängstlicher.)

Josef. Ihr seid's so b'sonders, Voater! I' hab' euch no' nia a so g'seh'n. (Plötzlich, wie wenn ihm ein Gedanke käme, sieht er nach der Wand, wo das Gewehr früher hieng, dort er=blickt er leeren Raum. Nach einer Weile tonlos.) Voater — wo habt's eu're Flint'n? —

Frühauf (bebt und sieht wie abwesend nach der Stelle, wo immer das Gewehr gehangen. Nach einer Weile). Was geht di' mei' Flint'n an?

Josef. Gestern Abend is 's no' ober'n Bett g'hang'n.

Frühauf (erregt). Sei's, wo's will! —

Josef (geängstigt). I' bin um a Dreie in der Früh vom Haus weg, Voater. Ihr wart's da no' net z' Haus. —

Frühauf. Was geht dös di' an!

Josef (faßt sich am Kopfe). Allmächt'ger Gott!! (Plötzlich nähert er sich Frühauf zögernd.) Voater! Wo woart's ihr heut' Nacht?? —

Frühauf (unsicher). Wo i' woar, nirgends woar i'!! —

Josef (sieht auf seine Füße). Von was san denn d' Schuach naß! (Zeigt auf Frühauf's Stiefel.) Dös is Moos und Walderd'!

Frühauf. Unsinn. D' Schuach san naß von gestern. I' woar bloß fisch'n.

Josef (im höchsten Affekte). Ihr wart' heut' Nacht im ober'n Revier! —

Frühauf (schreit ängstlich). Na, i' woar net dort. —

Josef. Was habt's dort 'than? —

Frühauf. I' sag' do', daß i' net dort woar!

Josef (bestimmt). Wo seid's denn g'west?

Frühauf (verwirrt). Wo i' woar? I' woar — a was, i' wir dir do' net sag'n — wo i' woar.

Josef (faßt ihn rasch an der Hand und sieht ihm starr in's Gesicht. Mit vibrirender, aber gedämpfter Stimme). Voater — ihr woart's dort, ihr habt's dös dem Franz 'than.

Frühauf (zuckt zusammen und schreit). I' hab's net 'than!

Josef (mit Donnerstimme). Ihr habt's es 'than! —

Frühauf (zuerst vernichtet, tritt einen Schritt zurück, sieht sich ängstlich um und kämpft eine Weile mit sich selbst. Plötzlich zieht er sich an Josef heran und lispelt, jedoch vernehmlich). Nun — ja — Also ja — i' hab's 'than —

Josef (sieht ihn betroffen an, wie wenn er den Sinn nicht verstanden hätte). Ihr — ihr habt's ihn erschoss'n!

Frühauf (sieht sich ängstlich um). Ja — i' —

Josef. Ihr, ihr — um Gott's Will'n, warum habt's dös 'than?

F. Stolba: Das Testament. 5

Frühauf (keuchend). Warum i' 's 'than hab'?? (Entschieden.) Dir z' Liab!

Josef. Mir — mir z' Liab? — —

Frühauf. Weil er net im Guat'n abtret'n is — hat er's im Bös'n thuan müass'n!

Josef. Im Bösen? — Dem Geld z' Liab? Was habt's da 'than!

Frühauf (aufs höchste erschöpft). Hätt' i' zugeb'n soll'n, daß di' aus'n Hof wia an' Bettler d'von jag'n?

Josef. Und ihr glaubt — i' könnt jetzt drinn bleib'n?

Frühauf. Jetzt bleibst drinn, jetzt gibt's kan Hinderniß mehr, jetzt kannst dir 's Annerl nehmen.

Josef. Und ihr glaubt's, daß i' mir's jetzt nehmen kunnt, jetzt — wo Bluat g'floss'n is, das ihr vergoss'n habt?

Frühauf (schroff). Du muaßt. Dir z' Liab hab' i' g'mordt — jetzt muaßt!

Josef (entschieden). Niamals! Jetzt geh' i' — und weder ihr noch d' Annerl soll je was von mir hör'n.

Frühauf. Du darfst net fort.

Josef. I' muaß!!

Frühauf (aufbrausend). Hüat di', daß mi' net zur Verzweiflung treibst. — I' bin jetzt zu Allem fähig!

Josef (stellt sich ihm gegenüber). Wollt' ihr mir droh'n?

Frühauf. Droh'n?! (Plötzlich weich.) Na, net droh'n, bitt'n thu' i' di' auf d' Knien (kniet nieder in Ängstlichkeit). Josef, jetzt möchst von mir geh'n, wo i' in der Verzweiflung bin, wo i' nehamd als di' hab' — (Faßt ihn bittend an der Hand.) Pepi — mein Pepi!! — —

Josef. Steht's auf — wann wer käm'! (Sieht sich ängstlich um.)

Frühauf. Net wahr, du gehst net' fort. Versprich mir's.

Josef. Beruhigt euch, i' bleib' unterdeß da — bei euch. (Ihn aufhebend.) Steht do' auf!

Frühauf (aufstehend wie gebrochen). I' dank' dir, mein Sohn — wenigstens bleib' i' net allani. (Weint.) I' müaßt ja narrisch werd'n! (Plötzlich ängstlich.) Aber Pepi! — schwör mir, daß d' mir das G'heimniß net verrath'st, was d' mir abz'wungen hast. (Faßt ihn bei der Hand.)

Josef. Könnt i' denn den eignen Vater auf'n Galg'n bringen? —

Frühauf (schaudernd wiederholend). Auf'n Galg'n. (Schroff.) Schwör's!!!

Josef. I' schwör! Achtung, i' hör' Schritte!

Frühauf (läßt ihn los). Guat, jetzt bin i' ruhiger.

5. Scene.

Vorige. Anna. Schneidauf.

Schneidauf. Na an glückselg'n guat'n Morg'n allerseits. Sehst da führ i' 's!.

Josef   }
Frühauf } (trauen sich Anna nicht anzusehen).

Anna (steht in der Thüre von beiden abgewendet).

Schneidauf (nähert sich verwundert). I' hob' g'sagt, Josef, daß wir da san — no' nachher san wir a' da. Mir san' aber g'rennt. Hörst, Pepi, die kann laufen.

Josef. 'S is scho' guat, guat.

Schneidauf (verwundert ihn ansehend). No — i' möcht', aber gern den Guld'n? —

Josef (ungeduldig). Was für an Guld'n?

Schneidauf. Den 's mir versprochen hast, wann i' d' Annerl zurückbring. Er is meiner Seel' verdeant! An Andern that i' 's net amal um zwa!!

Josef. A' ja, 's is wahr (sucht in den Taschen, findet endlich einen Gulden, reichend). Da hast'!

Schneidauf (legt denselben vorsichtig zusammen und steckt ihn ein). I' dank schön. No, Herr Vorstand, was sagt's denn dazua?

Frühauf (hastig). Zu was??

Schneidauf. Na — daß der Franzl nimmer hinderli' sein wird

Frühauf. Wem war er den hinderli'? 'Leicht „uns"?

*

Schneidauf (erschrecken). No mir net! Übrigens was geht's mi' an. D' Grub'rin wird a Wuth hab'n und i', i' bin um mei' Diät kommen, die der Teux'l scho' wiader g'holt hat. I' sag's ja, nix is schwerer als für unser an', zwa Leut z'samm z'bringa.

Josef (rasch). Den Guld'n habt's do' scho' kriagt, Schneidauf!

Schneidauf. No — also grüß Gott — freili' — freili', hab' i' cahm kriagt. — Grad wia's nöthig war — hat cahm aner erschoss'n. (Schüttelt mit dem Kopfe.)

Frühauf (betroffen). Bei allen Teufeln! — ihr wollt' do' net sag'n —

Schneidauf (bei Seite springend). No — Herr Vorstand — was sag'n — nix will i' sag'n. Aber wißt's was wahr is, is wahr. All's is in der Höch'n und auf. 'S ganze Dorf lauft im ober'n Revier 'rum. Was — geht's mi' an, soll'ns hinlauf'n — aber was wahr is, is wahr: Wißt wer cahm z'erst g'funden hat — der Josef —

Josef } (erbeben.)
Anna }

Schneidauf. Jawohl, der Josef z'erst und nachher i' No — no, ärgert's euch net. Er kann ja nix davor, daß er der Erste war — alsdann bhüat Gott! (Ab.)

6. Scene.

Vorige (ohne) Schneidauf.

Frühauf } (stehen und sehen stillschweigend vor sich hin).
Josef }

Anna (wartet bis Schneidauf die Thüre geschlossen. Dann schreitet sie zu Josef und sagt mit bebender Stimme). Pepi, du warst der Erste, der 'n Franz als a' Erschoß'nen aufg'funden hat?

Frühauf (zuckt zusammen).

Josef (abgewendet). Ja, i'.

Anna (bewegt). Schneidauf hat di' bei cahm g'fund'n?

Josef. Ja!

Anna (unterdrückt ihre Bewegung). Und waßt, was ji' d' Leut', die uns 'troff'n hab'n, erzählt hab'n?

Josef (kehrt sich ihr rasch zu). Was erzähl'n's?

Anna (bedeckt sich mit den Händen das Gesicht, dann sieht sie ihn unverwandt an, krampfhaft schluchzend). Daß — eahm der erschoss'n hat, dem er im Weg war.

Frühauf (erbebt).

Josef (sieht sie verändert an). Der — dem — er — im Weg — woar?

Anna (nach kurzem Kampfe). D' Leut' sag'n, daß n' Franzl entweder — dein Voater — oder du erschoss'n hast. (Sieht ihn schwer athmend an und preßt hiebei beide Hände auf ihre Brust.)

Frühauf (hält sich die Schläfen und seufzt). Mein Gott! — Mein Gott!!!

Josef (rasch). Anna!!! Verflucht will i' sein, wann i' net d' heil'ge Wahrheit g'redt hab'. I' hab' eahm todt g'funden, wia i' von dir z'rückgang'n bin. I' hob' ja selbst 'n Schneidauf g'ruf'n.

Anna (eilt auf ihn zu, sieht ihm einen Augenblick in die Augen, faßt ihn bei den Händen, freudig). I' hab's ja g'wußt, Pepi — i' hab's ja g'wußt! (Plötzlich stockt sie und zeigt auf Frühauf). Aber — dein Voater!

Josef (erbebt, sieht verlegen zur Seite, stottert). Was is' mit'n Voater — — ?

Anna (eifrig). Warum redt'st net auch für eahm??

Frühauf (steht verzweifelt).

Josef (nach längerem Kampfe mit Anstrengung). Für eahm? — Er soll si' selber vertheid'gen.

Frühauf (rasch). Wer sagt, daß i' eahm erschoss'n hab'? — Wer kann das sag'n? — Wo is a' Zeug'? (Sieht sie ergründend an, kann jedoch ihren Blick nicht ertragen, schwer athmend.)

Anna (blickt ihn einen Augenblick beklommen an, dann tritt sie einen Schritt zurück, hält sich an einen Stuhl und wankt). Josef, B'hüat' Gott — B'hüat' Gott!!

Josef (schmerzlich). Anna — — —

Anna (erhebt rasch die Hand, wie um seine Annäherung abzuwehren). Josef, du verstehst mi'. (Bedeckt mit der rechten Hand das Gesicht, zum Weggehen gerichtet.)

Josef (zerschmettert). Mit Gott!

Frühauf (vertritt ihr zornig den Weg). Anstatt eahm um'n Hals z'fall'n — gibst's eahm an B'hüat' Gott — warum?!

Anna (sieht ihn durchdringend an). Ihr fragt mi', ihr?

Frühauf (verdutzt). Ja — i' — i'.

Anna (will gehen; nähert sich dem Fenster).

Frühauf. Warum antwort'st net?

Anna. I' bitt' euch um Gott's Will'n, verlangt's dös net von mir!

Frühauf (bebend). I' will aber! (Faßt sie bei der Hand.) Du wirst' leicht net den Tratschmäulern glaub'n?

Anna (entreißt ihm die Hand). Oh, i' Unglückliche!!

Frühauf. Versündig' di' net, daß di' Gott net straft. (Immer fester und dreister.) Da schaut's her, — unglückli' — jetzt wo's anz'ge Hinderniß b'seitigt is. Was geht's di' an — wer's b'seitigt hat. Kränk' di' net — er war allani — koa Weib — kan Kind, er hat g'nossen, was er konnt', dem is dort besser als uns hier — Unsinn'ge!!!

Anna (schreitet während dem langsam zur Thüre bei jedem Schritte einhaltend und sich an den Möbeln stützend; bei den letzten Worten Frühaufs ist sie beim Fenster angelangt und sieht zufällig hinaus; erbebt und schreit plötzlich auf). Jesus Maria!!

Frühauf (stockt). Was is g'scheh'n!

Anna (zeigt entsetzt zum Fenster). Dort — dort —

Frühauf. Was is dort? (Tritt zum Fenster und schreit entsetzt auf). A' Gendarm!

Josef (wiederholt seelenlos). Ein Gendarm — —

Anna (entsetzt). I' hab's g'ahnt. (Weint.)

Frühauf (schreitet plötzlich zur Seitenthüre).

Josef. Wo wollt's hin?

Frühauf (ängstlich). Fort von hier — fort — (in diesem Momente klopft's) zu spät!! — — — —

Josef \
Anna / (in großer Bewegung).

Frühauf (nach großer Anstrengung mit bebender Stimme).
Her — rein. (Das Klopfen wiederholt sich stärker, hervorstoßend.)
Herrein! — —

7. Scene.

Vorige. Gendarm (in voller Rüstung, Gewehr mit auf=
gepflanztem Bajonnette in Händen haltend).

Gendarm (mit militärischem Gruße). Gut'n Morgen allerseits.

Frühauf. Was wollt's von — mir?

Gendarm (hängt das Gewehr am Riemen auf die linke Hand und zieht mit der Rechten sein Dienstbuch heraus). Ich bin auf Streifung, Herr Vorstand, und kam mir um die Bestätigung ins Dienstbuch.

Frühauf (wie wenn er seinem Gehör nicht traute). Was??

Josef \
Anna / (aufathmend). Bisher waß er no' nix!

Gendarm (reicht Frühauf das Buch). So, da ist das Buch. Heut' haben wir den Neunundzwanzigsten.

Frühauf (nimmt das Buch, ergreift Tinte und Feder und strengt sich an zu schreiben; er kann aber nicht, da seine Hand zittert).

Gendarm. Was ist euch, Herr Vorstand? Ihr zittert ja am ganzen Körper!

Frühauf. Waß der liabe Himmel — d' Hand zittert mir wia Blatt' — Hm, — d' Fruhtält'n.

Gendarm. Schon möglich. Heut' ist frisch. — Ich muß noch in den Wald. Dort soll der Martin Franz er= schossen liegen. Ich hab' bereits den Wachmann hingeschickt und muß dann noch selbst die gerichtliche Anzeige erstatten.

Frühauf (hat das Buch unterschrieben). So? — (Reicht ihm dasselbe seine Hand zittert sichtbar.)

Gendarm (nimmt das Buch). Ihr habt mich hübsch lang warten lass'n. Ich bitt', Herr Vorstand, sorgt dafür, daß

mit dem Leichnam nicht gerührt wird bis die Gerichtskom=
mission kommt. Nun — mit was der Mensch umgeht —
darin pflegt er auch umzukommen. Ein solcher Wilderer
konnt' gar nicht anders enden. Und der hat genug Glück
gehabt. Man hat ihn ja nie fangen können. Aber jedes
Lied hat sein Ende. (Hat das Buch eingesteckt.) Also mit Gott,
jetzt heißt es rasch in den Wald gehen und dann zu Ge=
richt. (Reicht Frühauf die Hand.) Aber — aber — wie ihr
zittert —

Frühauf (zwingt sich zum Lachen). Ha — ha ha —

Gendarm (schreitet zur Thüre. Plötzlich entsteht draußen
ein Lärm, der immer mehr und mehr anwächst). Was ist den
los?

Alle (horchen gespannt).

8. Scene.

Vorige. Mehrere Bauern, die Schneidauf halten, der
sich vergeblich wehrt, drängen auf die Scene. Hinter ihnen bleibt
die Thür geöffnet, wo mehrere, 8—10 Bauern stehen bleiben,
etwa 10 drängen vor. Auch das Fenster ist von außen mit
Menschen belagert.

Schneidauf (will sich losreißen). Also ka' Dummheiten — loaßt aus — Safra —

Bauern (wirr durcheinander schreiend). Na, net auslass'n!
'Leicht hat er eahm selbst erschlag'n? — Er waß sicher
viel! Er soll red'n! — Er muaß red'n!

Schneidauf. Jo! — allani! — J' waß so viel
wie ihr — ihr Mostschäd'ln!

Gendarm (hinzutretend). Was ist geschehen?

Bauern (wirr durcheinander schreiend). Er hat si' g'rühmt,
daß er eahm z'uerst g'funden hat. — Er könnt' red'n, wann
er wollt'! — Dös is verdächti'. — Er muaß d'von wiss'n!

Gendarm (schreit). Ruhig! — Einer red't nach dem
Andern!!

1. Bauer. Wart, Nachbar — i wir's d'erzähl'n.

Die Übrigen. Also redt'. Aber gründli'. —

1. Bauer. Also wart's. Kaum san' m'r aus'n Bett, hab'n wir glei' die G'schicht mit'n Franz g'hört.
Alle. Ja — ja!
2. Bauer. 'S is wia per Telegraph gang'n —
Alle. Ja wia per Telegraph —
1. Bauer. Wir lauf'n Alle auf'n Platz — da kommt der Schneidauf und schreit von Weit'n — der Martin Franz liegt erschoss'n im Wald!
2. Bauer. Und daß er si' 's denken kann, wer's 'than hat.
Alle (Einer über den Andern schreiend). Ja — ja — das hat er g'sagt!
Gendarm. Ruhe!!! — (Zu Schneidauf.) Wißt ihr was Näheres hierüber.
Schneidauf. Nix waß i'. — A' laßt's do' aus. (Entwindet sich.) J' bin bei Nacht durch'n Wald z' Haus gang'n. No s' is wahr, i' hab' a' bissel do g'habt (zeigt nach dem Kopfe).
Gendarm. Nur weiter!
Schneidauf. No — und auf amol hör' i' a paar Flintenschüß
Gendarm. Flintenschüß? So? Und weiter?
Schneidauf. Da hab' i' mir holt denkt, holt da hat g'wiß — wer g'schoss'n.
Gendarm. Habt's Jemanden gesehen?
Schneidauf. Aber na, 's war ja finster wie in an Sack.
Gendarm (ungeduldig). Nur weiter.
Schneidauf. J' red' ja eh' fort. Da denk' i' mir also, daß wer g'schoss'n hat und stolper über a Wurzel. Dort gibt's aber viel Wurz'l, Herr Führer!
Gendarm. Und habt ihr keine Stimmen gehört?
Schneidauf. Aber na! — Auf amol ruft wer!
Gendarm. Was hat er gerufen?
Schneidauf. No — mi', mi' hat er g'ruft.
Gendarm. Und wer war das?
Schneidauf. Wer das war — i' hab' eahm net glei' erkannt, no ihr wißt's eh' schon — i' hab' halt a

biſſ'l da g'habt (zeigt nach dem Kopfe) und wia i' nachher näher komm, erken' i' — rath's amal wen? —

Alle (in großer Bewegung).

Gendarm. Zum Teufel — wen denn? —

Schneidauf. Da — 'n Joſef!

Gendarm. Und was hat er dort gethan?

Schneidauf. Was er 'than hat? An an Baum g'lahnt war er, und bei ſeine Füaß is der Franzl g'leg'n.

Alle (in großer Bewegung).

Gendarm. Und ihr wißt ſicher, daß es der Joſef Frühauf war?

Schneidauf. Wir hab'n do' z'ſamm' g'redt.

Gendarm (nähert ſich Joſef). Iſt das wahr?

Alle (drängen dem Gendarm nach).

Anna (ſtellt ſich vor Joſef, wie um ihn zu ſchützen). Er is unſchuldig!!!

Gendarm. Es hat ja keiner geſagt, daß er ihn er=ſchoſſ'n hat. (Zu Joſef.) Was habt ihr dort gemacht?

Joſef (verwirrt). I' hab' eahm todt aufg'funden, nach=her kam der Schneidauf, den hab' i' der Annerl nachg'ſchickt und i' bin z' Haus, um 's z' melden.

Gendarm. Und wem habt ihr es gemeldet?

Joſef. N' — Vatern — dem Vorſtand!

Gendarm. Dem Vater? (Wendet ſich zu Frühauf.) Ihr habt es alſo ſchon gewußt? (Für ſich.) Vielleicht iſt er des=wegen ſo ängſtlich.

Frühauf (der ganz verwirrt ſteht). Ja — er hat's g'meld't —

Gendarm (zu Joſef.) Und der Vater?

Joſef. Der Voater —

Gendarm (der beide ſcharf beobachtet). Ich hätte Luſt alle Beide mitzunehmen. (Allgemeine Bewegung.)

Anna. Allmächt'ger Gott!

Joſef (tonlos). Mi'?

Frühauf (ſinkt auf die Bank und wiſcht ſich den Angſt=ſchweiß ab). Mein Gott — mein Gott!

Schneidauf. Und warum mi' auch? Ihr habt's do' g'hört, daß i' erſt dazua komm'n bin, wie er todt woar!

Gendarm. Das wird sich schon zeigen!
Schneidauf. Nehm't euch 'n Josef allani —
Gendarm. Ich werde das thun, was ich für gut finde. —
Schneidauf. Was hätt' er denn mit Franz allani in der Nacht im Wald 'than, wann er net an Vorsatz g'habt hätt'? —
Gendarm. Redet nicht umsonst!
Schneidauf. No — hat er mi' 'leicht b'hindert. No, der Stock da schiaßt do' net? (Zeigt auf seinen Stock.)
Gendarm. Keine Ausreden!
Schneidauf (fast weinend). Aber Herr Förster — (Sieht sich ängstlich um, plötzlich fällt sein Blick auf die Wand oberhalb des Bettes. Freudig.) Na — fragt's cahm do', wo er sei' Flinten hat (zeigt auf die Wand oberhalb des Bettes), gestern hat's dort no' g'hängt, i' hab's mit eig'nen Aug'n g'seh'n —
Alle (schauen nach der Wand).
Gendarm (zu Josef). Hat gestern die Flinte dort gehängt?
Josef (verwirrt). Ja — ja —
Gendarm. Wo ist sie hingekommen?
Josef. I' woaß net —
Gendarm. Aber heute Nachts waret ihr doch im Walde.
Josef. Ja!
Gendarm. Mit der Flinte?
Josef. Na, ohne —
Gendarm. Also ohne Flinten?
Anna (ängstlich). I' kann's b'weis'n. I' woar mit cahm, i' kann's b'schwören!
Gendarm (legt Josef die Hand auf die Schulter). Ich verhafte euch im Namen des Gesetzes.
Alle (treten mit Entsetzen einen Schritt zurück).
Anna. Josef, mein armer Josef! (Will zu ihm.)
Gendarm (will sie abhalten). Zurück!
Anna. Um Gott's Will'n, laßt's cahm, er kann ja für nix!

Gendarm. Das wird sich zeigen. Ist er unschuldig, dann kommt er wieder nach Haus —

Anna (schreiend). Aber an unschuld'gen Menschen einsperr'n! I' loß' eahm net.

Gendarm. Macht keine Dummheiten!

Josef. Laß', Annerl, laß'!

Gendarm. Also, gehen wir.

Anna (jammernd). Pepi! — mein Pepi!

Gendarm (dem ein Gedanke kommt). Ah — am Ende vielleicht — (zu Anna) sagtet ihr nicht, daß ihr im Walde mit wart, was, wenn ich euch auch mitnehmet?

Anna (geängstigt). Mi'?

Josef. Seid ihr verruckt?

Gendarm. Je mehr ich euch betrachte —

Josef (stößt Anna von sich). Macht ka Dummheiten und geh'n wir —

Gendarm (zu Anna). Ihr geht auch mit!

Anna (schluchzend). I'? —

Gendarm. Ja! Und jetzt ohne Widerrede. Vorwärts!

Josef. Um Gott's Will'n, Herr Führer, laßt sie wenigstens da!

Anna (zu den Bauern). Leut'l, ihr laßt's unschuldige Leut' a' so quäl'n?

Gendarm. Ruhig! Zwingt mich nicht zur Gewalt. Wollt ihr, daß ich euch fesseln soll? (Zu den Anderen.) Aus dem Weg!!

Alle (treten erschreckt zurück).

Gendarm. Vorwärts!

Anna. Allmächt'ger Gott — —

Frühauf (der die ganze Scene mit innerem Kampfe mit angesehen, erhebt sich mit Anstrengung, hält sich krampfhaft am Tische fest und ruft mit heiserer Stimme). Halt, halt, Herr Wachtmeister!

Gendarm (sich umkehrend). Was gibt's?

Frühauf. Laßt die Unschuldig'n!

Gendarm. Was sagt ihr?

Frühauf. I' sag', ihr sollt b' Unschuldig'n lass'n!

Gendarm. Ich verstehe euch nicht.

Frühauf. I' werd' euch sag'n, wer den Franz er=
schoss'n hat! (Allgemeine Bewegung.)

Anna (faltet die Hände und sieht mit fieberhafter Unge=
duld nach ihm).

Josef (sieht ihn schwer athmend an).

Gendarm (läßt Anna los und nähert sich Frühauf).
Ihr wißt es, Herr Vorstand?

Frühauf. Ja! Den Martin — hab' i' — erschoss'n.
(Allgemeines Entsetzen.)

Gendarm (ungläubig). Ihr?!

Frühauf. Wir waren z'samm' wildern — i' hab' auf
an Reh g'schoss'n — und durch an unglückselig'en Zufall —
hab' i' 'n Franz 'troff'n.

Gendarm. Ihr wollt dem Sohne helfen! Wo ist
euere Flinten?

Frühauf. Dort. (Zeigt auf's Bett.)

Gendarm (tritt rasch hinzu, zieht dieselbe hervor und
untersucht sie). Die ist erst kürzlich abgeschossen worden und
schlecht gereinigt. Ich nehme dieselbe mit. Auch euch, Herr
Vorstand, verhafte ich im Namen des Gesetzes. (Bewegung.)
Bei Gerichte wird sich zeigen, wer der Schuldige ist.

Frühauf (rasch). I' bin's! — —

Gendarm. Also, gehen wir!

Anna (stürzt sich auf Josef). Und jetzt geh'n wir net!
Warum nimmt er net 'n Frühauf allani, wann er si' scho'
b'kennt?

Gendarm. Zum letzten Male: Vorwärts oder —
(Richtet das Bajonett gegen sie.)

Josef. Aber, Annerl, sei ruhig!

Anna (plötzlich). Ja, du hast recht. Was kann uns
g'scheh'n? Geh'n wir. (Will zur Thüre schreiten. Als sämmt=
liche Verhaftete zur Thüre schreiten wollen, stürzt Crescenz in die
Stube.)

9. Scene.

Crescenz (ganz athemlos). Aber, Leut'l, dös is schreckli'!

Gendarm. Aus dem Weg!!

Crescenz. Jessas Maria! Dös is a Wunden! Die ganze Brust is zerriss'n. (Plötzlich aufschreiend.) Vorstand! Der hat euch do' net verarretirt?

Frühauf (zuckt bei ihren Worten). Was — was — hast g'sagt? — —

Crescenz. Aber warum arretirt er euch? Sicher d' Steuergelder — —

Frühauf (sieht sie mit furchtbarer Angst und Ungeduld an). Was — d' Brust — d' Brust hat — er z'riss'n?

Crescenz. Den Pepi — und d' Annerl a' — was wird d' Wirthschaft mach'n? (Schlägt die Hände zusammen.)

Frühauf (springt wild auf sie zu). Was sag'st — d' Brust — d' Brust is zerriss'n? — —

Crescenz (will sich ihm entwinden). Aber laßt's mi' — i' sag's ja, da hat er a' Wunden. (Zeigt auf die Brust.)

Gendarm (ungeduldig). Kommt — kommt!

Frühauf (schreit plötzlich auf und zeigt auf seine Brust). Hier — hier hat er 'n Schuß! — —

Alle (sehen ihn überrascht an).

Schneidauf. Er ist verruckt word'n!

Frühauf (ängstlich). Wer, wer kann mir's b'weis'n, daß er in d' Brust g'schoss'n is? (Sieht sich um.) Wer, wer???

Josef (der ihn in wachsender Erregung angesehen). J'!

Frühauf (in großer Freude). Du! Er is net in Rück'n g'troff'n? (Lacht und weint in Einem.) Pepi, hörst? Er is net in Rück'n g'troff'n?

Josef (tritt erschreckt zu ihm). Was is euch, Voater?

Frühauf. Was mir is? J' bin der glücklichste Mensch auf der Welt. (Stürmisch.) Pepi — Anna! J' hab' cahm net erschoss'n. An And'rer hat's am G'wiss'n! Jetzt versteh' i', was die zwa Schuss b'deutet hab'n. Hahaha! — sei's, wer will — wann i' 's nur net bin!

Gendarm. Jetzt ist genug, kommt, sonst brauch ich Gewalt!

Frühauf (ergreift einen Stuhl). Hinaus — hinaus! (Schreit.) Wer sich mir nähert, ist ein Kind des Tod's!

Josef
Anna } (beruhigend). Voater!

Frühauf (wild). Laßt mi'!

Gendarm (das Gewehr anlegend). Zum letzten Male, gebt nach im Guten!

Frühauf. Na — i' geb' net nach! Komm, wann'st di' traust! —

Gendarm (auf Frühauf mit dem Bajonnette losgehend).

Frühauf (schwingt gegen alle den Holzstuhl).

Gendarm (weicht zurück, gleich aber wieder vor).

Frühauf (schwingt immerwährend den Stuhl).

Josef (schreit). Voater!

Anna. Jessas Maria!

Schneidauf. Jetzt wird's lusti'!

Alles (drängt und schreit untereinander).

Eine Stimme (von draußen). Zu Hilfe — wo is wer! —

Alle. Was is denn los?

Gendarm (horcht). Jemand ruft um Hilfe!

10. Scene.

Vorige. — Schwarz (mit verbundenem Arm, stützt sich auf den Heger).

Heger. Schnell, helft, er wird mir in den Armen ohnmächtig!

Alles (nähert sich rasch und Schwarz wird auf einen Stuhl gesetzt).

1. Bauer |
2. Bauer | Was is g'scheh'n?

Schwarz (ist todtenbleich und athmet tief und schwer).

Gendarm. Was ist geschehen?

Heger. I' hab' n' Förster aus'n Wald g'führt, er konnt' aber nimmer weiter, deswegn bin i' do' eini'. Schnell a' Wasser. (Einige holen Wasser.)

Gendarm. Er blutet. Wer hat ihn verwundet?

Heger Er is ang'schoss'n!

Gendarm. Wer hat nach ihm g'schoss'n?

Heger. Wer? Ein Erzlump — der Martin Franz. Es war auf Tod und Leben. Wann der Förster ihn net in der Nothwehr erschoss'n hätt', hätt' er 'n zweit'n Schuss kriagt.

Alle (durcheinander schreiend). Was? Martin Franz? Er hat nach eahm g'schoss'n?

Frühauf (läßt den Stuhl sinken und sieht betäubt auf Schwarz).

Josef. Wie? — —!!

Anna. Der Förster hat eahm erschoss'n?

Gendarm (läßt das Gewehr sinken). Was habt ihr gesagt?

Frühauf (schwer athmend). Der Förster und in die Brust?

Heger. Mitt'n ins Herz! (Man bringt Wasser und wäscht Schwarz.)

Gendarm. Herr Förster!

Schwarz (schwach) Was is?

Gendarm. Redet dieser Mensch die Wahrheit?

Schwarz. Ja — d' heil'ge Wahrheit. I' hab' 'n Franz mit'n G'wehr in der Hand überrascht.

Gendarm. Und war er allein?

Schwarz. Ja!

Gendarm. Waren Frühaufs nicht mit ihm?

Schwarz. Nein — wie er mi' erkannt hat, hat er nach mir zielt und dann g'schoss'n.

Gendarm. Und ihr?

Schwarz. I' mußt' a' schieß'n — er hat mi' verwund't und i' hab' 'n erschoss'n.

Frühauf (freudig). Er hat 'n erschoss'n — er ———

Schwarz. Und jetzt b'sorgt mir schnell an Wag'n und zeigt's es bei G'richt an. I' muß in d' Stadt.

Gendarm. Redet ihr aber auch die Wahrheit?

Schwarz (mit Anstrengung). D' heil'ge Wahrheit — aber jetzt fort! (Heger und Bauern führen ihn hinaus.)

Gendarm. Herr Vorstand, für euere heutige Handlungsweise werdet ihr euch zu verantworten haben. Ich mache heute noch die pflichtgemäße Anzeige. (Zu Josef, Anna und Schneidauf.) Ihr seid frei! (Ab nach Schwarz.)

Alles (drängt sich ihm nach, so daß auf der Bühne bloß verbleiben)

11. Scene.

Frühauf. Josef. Anna. Schneidauf. Crescenz.

Crescenz (im Hintergrunde). Gott sei Dank, daß so ausgang'n is.

Anna (läuft zu Josef). Mein lieber, theurer Pepi!

Josef. Anna — mei' liab's Annerl! (Umarmen sich.)

Schneidauf (sieht von Einem zum Anderen).

Frühauf (in übergroßer Freude und Entzücken). I' — hab' 'n net umbracht — i' hab' 'n net umbracht.

Schneidauf (der unausgesetzt hin und her schielt — plötzlich wie wenn ihm ein Gedanke käme). No, Herr Vorstand, jetzt, wo i's so schön z'sammg'führt hab' (zeigt auf Josef und Anna), no zahlt's ihr a ornbtliche Diät?

Frühauf (freudig). Ja i' zahl'! I' zahl' All's.

Schneidauf (lachend). Vergelt's Gott! (Für sich.) No jetzt wird's sicher mit der Zenzi geh'n. (Sieht sie lächelnd an und nähert sich ihr.)

Frühauf (mit starker Stimme). I' hab' eahm net erschlag'n — i' hab' eahm net erschlag'n. Gott, Gott, wia

dank' i' dir, daß b' net zugeb'n hast, daß so a schwere
Sünd' auf mi' fallt. Kinder — Kinder!!
  A n n a (entreißt sich Josef und läuft zu ihm). Voaterl?
Voaterl!
  J o s e f. Voater!
  F r ü h a u f (beide umarmend). Kinder wia bin i' glückli'.
(Weint vor Freude, Gruppe, während derselben fällt rasch der
Vorhang.)